GOBOOKS
& SITAK
GROUP©

GOBOOKS
& SITAK
GROUP©

三日月書版

三日月書版

輕世代
FW105
佲人 著
言一 繪
幽鬼宅急便
01 叮咚！請問有鬼在家嗎？
三日月書版

穆方

男，十七歲的高三學生。父親姓穆，母親姓方，兩人姓氏合在一起偷懶取了這個名字。學校所有曠課和處分的最高紀錄保持人，堪稱老師和家長眼中最完美的反面典型。不過鮮為人知的是，穆方是因為家裡欠下外債才故意自暴自棄，想斷了父母的大學夢，以便早日輟學打工賺錢。

為人處事大大咧咧，看似很不可靠，實際上很有原則，被老薛選中成為新任三界郵差，替死人送信。

韓青青

女，十六歲，明星高中高二學生，與穆方不同校。
穆方因為追蹤靈體，誤入女更衣室，撞到韓青青換內衣，就此相識。
後又因為一連串事件不斷發生交集，成為穆方的紅顏知己。
不過兩個人在一起時少有和諧，反倒鬥嘴揭短的時候較多。

幽鬼宅急便

目錄

AIR MAIL

01

你想做郵差嗎？

在穆方的生活字典裡，蹺課曠課是正常作息，什麼時候上三天完整的課才是新聞。父母遠在大洋彼岸工作，穆方也不打算考大學，只想著混到高中畢業證書，接著去工地工作。

碩士研究生都為應徵清潔工搶破頭，穆方不覺得當工人比他們低賤多少。還能省下幾年學費和生活費，又有什麼不好？

寒假來臨，學生們都回家迎接新年，高三學生們更是為升學考做最後的衝刺，但對同樣身為高三的穆方來說，只是又一段無聊日子的開始。

學校中午就放假了，但一直到深夜凌晨，穆方才騎著自己拼裝的機車，拖著疲憊的身體回到住所。

一個小庭院，兩間房，周圍除了破敗的員工宿舍，就是荒涼的野地。

穆方進屋打開電暖氣，仰面栽倒在床上，望著窗外的星星。

躺下後，他額前長長的頭髮散開，露出一道細長傷疤，橫貫右眼與眉間。

老師和同學都以為穆方是和人打架弄的，可實際這是在工地出意外的劃傷，這隻眼睛已經徹底失去視力。

穆方很累，但一時還睡不著。

今天聽聞黑水一中一個高二女生前天上吊自殺了，雖然他們不同校也不認識，但因為年齡相近的關係，穆方多少有些感觸。

「啊——啊——啊——」

穆方正在努力培養睡意，一陣難聽的烏鴉叫聲突然從外邊響起。

下意識地看了一眼擺在床頭的鬧鐘，穆方恍然。

是老薛回來了。

老薛和穆方是同租一間屋子的鄰居，一個六十多歲的老郵差。

每天零點以後，老薛都會準時地推輛破腳踏車從外面回來，而且每次還會有一隻烏鴉同時出現。

「你這小子又不鎖門。」

吱呀一聲，老薛直接推開了穆方的房門。

「我又不怕壞人，鎖門幹嘛。」穆方從床上坐起。

「對，壞人都怕你。」老薛走到桌子前把酒肉放下，輕車熟路地翻出兩個酒杯和半包花生米。

穆方好像也習慣了，坐到桌前，和老薛誰都沒說話，先乾了杯白酒。

「好酒，但比上次的烈。」穆方哈了口氣，往嘴裡丟了幾粒花生米。

酒是好酒，老薛只說是送信時人家給的，再追問是什麼人，老頭子嘴裡就開始亂扯了。

什麼杜康、李白、陶淵明，只要和酒沾點邊的古代名人，他總能冒出一、兩個，並由此引出各式各樣的鬼故事。穆方聽後多是會心一笑，全當樂子。

「這回酒是誰給的？」穆方這次又故意問。

「呂布。」老薛脫口就來。

穆方故作驚訝：「這回不是文人，改名將了啊。」

「狗屁名將，就是個莽夫蠢貨！要不是他的酒還算好，我才懶得理他。」老薛臉上盡是鄙夷，好像真見過似的。

穆方哈哈大笑，心情暢快了許多。

只有和老薛在一起，聽他扯那些荒誕閒篇的時候，穆方才能忘記心裡的包袱，享受難得的輕鬆。

老薛看了眼穆方，問道：「穆小子，我們認識多久了？」

「兩年。」穆方扯了一隻鴨腿。

「是啊，兩年了。」老薛的語氣突然有些沉重起來，嘆道：「我的時間不多了……」

嘎嘣，穆方一口啃在了骨頭上。

看了看老薛，穆方疑惑道：「您身體看上去挺結實的啊，什麼病？」

「滾蛋！」老薛罵道：「老子是想退休了，讓你這臭小子接我的班做郵差。」

「我謝謝您，但還是算了！」穆方拒絕得很果斷：「賺不了幾個錢，還不如在工地打工。」

其實穆方一直有些奇怪，這年頭誰還寫信，郵差都改送快遞去了，可老薛天天背著個破袋子送信，還總是回來那麼晚。

「要是賺的錢很多呢？」老薛又問。

「那我就做！」穆方非常需要錢，也從來不掩飾對錢的渴望。

老薛笑了，拿出一封信扔到桌上：「天亮前你把這封信送到。」

穆方沒好氣道：「要我送信也行，拿錢來，給錢我就去。」

老薛很乾脆：「要多少？」

穆方當老薛跟自己抬槓，下意識地想說給二百我就去。但轉念一想，自己絕不能那麼沒身價，賭氣道：「兩萬！現金結算，概不賒帳。」

「可以。」老薛在懷裡一摸，變魔術似地扔出一疊錢在桌子上。

穆方怔了怔，拿起錢看了看：「真鈔啊？」

老薛沒出聲，玩味地看著穆方。

「去就去，你別後悔。」看著老薛戲謔的眼神，穆方把錢往口袋裡一塞，拿起信封作勢要走。

「等等。」老薛起身。

「嘿嘿，後悔了吧。」穆方得意地轉過身，卻看到老薛的大手按了過來，在自己臉上摸了一把。

「靠，想把我另一隻眼也弄瞎啊！」穆方只感覺眼睛火辣辣的，用力地揉著。

「怕你看不清，幫你擦擦。」老薛又坐回椅子，悠悠道：「記住，送不到的話可得把錢還我。」

「哼，你等著哭吧。」穆方痞勁發作，拿著信封出了房門。

老薛嘴角微微一挑：「你不哭就不錯了。」

從窗子看到穆方推機車出去，老薛笑咪咪地彈了下手指，一隻烏鴉從房檐騰空飛起，隱入夜色當中。

出門被冷風一吹穆方才緩過神來，心裡不由得有些鬱悶。

大半夜的去送信，人家不罵死我才怪。再說就算把信送到，也不能收這兩萬塊吧，老薛年紀那麼大了，哪好意思坑他的錢。

心裡這樣想著，穆方把信封從懷裡掏出來看了看。

寄信人：李華

收信人：李向秋

再看地址……

穆方不禁一咧嘴。

那地點比自己住的地方還偏僻，要過去得橫穿整個市區。

遠就遠吧，只是地址最後一段寫得很奇怪，一棵歪脖子老樹下……

這什麼鬼地址，是要怎麼找啊！

穆方嘆了口氣，發動了機車。

算了，先去找找看再說。

答應了就要做，不管什麼原因都不能隨便反悔，穆方丟不起那個臉。

在摩托車竄出去的時候，插在穆方胸前口袋裡的信件微微抖動了幾下，好像裡面有什麼東西似的，還有一股淡淡的霧氣，隨之散發開來。

穆方沒察覺信封的異象，但也發現了些奇怪的事情。

黑水市沒有太豐富的夜生活，凌晨以後大街上很難再看到行人，就算是幾條主幹道，也只是偶爾有車輛經過。

可是今天剛剛離開家沒多遠，穆方就看到很多人。

道路上，甚至田地裡，到處都有行人走動，好像逛街一樣。

那些人很奇怪，走到一定距離之後又會返回，只在某個區域內走動，眼睛也沒什麼神采。

這幫傢伙哪來的，怎麼都神經兮兮的？

穆方皺起眉頭，又催了催油門。

等穆方離開市區，上了國道之後，他終於發現信封的異狀，注意到了那些氣霧。

怎麼回事？裡面裝的是什麼玩意？

穆方停下摩托車，把信拿出來晃了兩晃，又用鼻子嗅了嗅。

霧氣隨著穆方的手抖動了下，但沒有任何味道。

霧氣向四周飄開，漸漸飄到一個正在走動的女人身邊。

女人嗅了嗅鼻子，緩緩轉過身體，一雙眸子看向穆方手裡的信封，邁步走了過來。

霧氣繼續散開，又碰到了幾個走在路邊的人，等到穆方注意到時，已經有七、八個人聚攏到了他的周圍。

「你們有事嗎？」穆方不得不多了些提防。

距離最近的那個女人喉嚨裡咕嚕了一下，猛然抓向穆方手裡的信封。

穆方往後一躲，反手將那女人推開，怒道：「妳想搶劫啊！」

碰觸到那女人身體的瞬間，穆方突然產生一種錯覺，好像他推到的不是人，而是一團輕飄飄的棉花。

女人也毫無抵抗力，飄飄蕩蕩地被推出三、四公尺遠。

她會輕功？

穆方正犯嘀咕，其餘人也探手抓了過來，目標無一例外都是信封。

「敢搶老子東西。」穆方左腳踩地，右手一轉油門。摩托車突突作響，在原地打了個圈。

因為經常大半夜才回家，打劫的戲碼穆方也不是沒碰上過，他打算用機車把那些人撞倒，對付劫匪沒什麼可猶豫的。

「突突突……」

機車轉圈轉得很帥，但好像從那些人身上穿過一樣，沒有絲毫的碰觸感。

穆方一著急，用手去推，卻輕而易舉地把那些人給推開了，和撥氣球差不多簡單。

「都他媽的神經病，老子不玩了！」

穆方催了幾下油門，從人群的空隙中穿過。

那些人伸展著手臂邁步追趕，但跑沒多遠就好像被什麼擋住一樣，光努力地邁步，卻不能前進分毫。

穆方沒再回頭看，拿出了飆車的勁頭，玩命狂奔。

不知道過了多久，穆方終於沒有再看到什麼人。回頭看看，也沒人追上來，這才鬆了一口氣。

今天真他媽詭異，該不是精神病人集體逃出來了吧。

穆方看了看四周，懊惱地一拍腦袋。

光顧著跑沒看路，這裡是什麼地方？

他還在國道上，兩邊都是荒蕪的野地，前不著村後不著店。

穆方正打算再往前走走，看看有沒有什麼標識，不經意地往遠處望了一眼，又生生停住了摩托車。

藉著天上的月光，依稀看到遠處有一棵歪歪扭扭的大樹，他拿出信封又看了一眼地址。

歪脖子老樹，會是那兒嗎？

穆方覺得有些荒謬，但還是調轉了方向，朝那棵大樹騎去。

騎到距大樹還有幾百公尺時，穆方隱約感覺樹下好像有什麼東西，等再離近一些，穆方手一哆嗦，直接從摩托車上跌了下去。

剛剛天黑離得遠看不清，等靠近了，他才發現樹下站著人。

一個短髮女生靠在大樹上，長得很漂亮，但白白的臉上卻盡是悲切。

「小姐，人嚇人嚇死人妳知道不知道！」穆方氣呼呼地從地上爬起來，抬頭觀察那個女生。

天氣很冷，她卻只穿著單薄的學校制服，裡面是一件運動背心，上衣沒拉拉鍊，鬆鬆垮垮地敞著。

「妳不冷啊……」穆方下意識地緊了緊領子。

那女生看了穆方一眼，嘴唇動了動，好像在說話，但發出的聲音卻很古怪。

難道是個啞巴？

穆方猶豫了下，問道：「妳是李向秋嗎？」

信封所指的地點應該就是這，但周圍似乎沒什麼房屋。穆方猜測，或許是這女孩住得太偏僻不好找，地址才會這麼寫。

女生眨了眨眼睛，似乎聽不懂穆方說什麼。

聽力也有問題？

穆方仔細看了看那女生的衣服，上面寫著黑水一中。

黑水一中是黑水市唯一的明星高中，聾啞人士能進入這樣的學校，算是優等生中的優等生了。

暗自唏噓了下，穆方掏出信封指了指上面的名字，盡可能用標準的口型緩慢道：

「是……妳……的……信……嗎？」

女生看了看信封，眼中閃過一抹驚愕，一把將信奪了過去。她仔細地看兩眼後，突然高興地蹦起來，抓住穆方的手就是一陣搖晃，嘴裡更是激動地說著什麼。

手掌所觸之處盡是一片冰涼，但穆方卻感覺自己在發熱。長這麼大，他還沒跟女生牽過手呢。隨著女生的搖晃，穆方的小心臟也跟著一起亂顫。

「好啦好啦，看妳這麼高興，應該就是李向秋了。」穆方臉紅脖子粗地把女生推開，心裡暗自嘀咕。我可不是害羞，只是這荒郊野嶺的，和女生拉拉扯扯實在不好看。

「早點回家去吧，外面太冷了。」穆方朝李向秋揮了揮手，扶起摩托車。

李向秋見穆方要走，連忙跑過來，一臉感激地說著什麼。

雖然在穆方聽來，李向秋的聲音很怪，但看她那開心的樣子，心中還是不禁生出幾分莫名的滿足感。

穆方啟動機車後又回頭看了李向秋一眼，略一遲疑，把圍巾解下來丟了過去。

「先把這個圍上，早點回去別感冒……呃！」

圍巾從李向秋的胸前穿過，搖搖晃晃地飄落在地上。

穆方愣住了。

李向秋捂嘴笑了一下，向穆方鞠了個躬，轉身走進大樹。

是的，走進……大樹！

穆方揉了揉眼睛，走過去圍著樹轉了兩圈，不見半個人影。而周圍更是一片空曠，沒有半點遮蔽物。

「小姐，別、別玩了……」穆方感覺有點發毛，才勉強笑著說了句話，突然腦中靈光一閃。

他突然想到了那女生的制服——黑水一中。

那個上吊自殺的女學生！

「咕嚕。」穆方咽了一大口唾沫，只感覺後背一個勁地冒涼氣。

這可是二十一世紀，總該不會……

「啊啊——」

突然，不知道從哪傳來兩聲烏鴉的叫聲。

「媽呀！」

穆方一蹦三尺高，騎上機車搖搖晃晃地衝了出去。

去你媽的二十一世紀，誰再跟老子說世上沒有鬼，老子揍死他！

一路上穆方目不斜視，不管旁邊有什麼人，他都不敢再看。風馳電掣地回到租屋處，他把機車往院子裡一扔，跌跌撞撞地推開房門。

「老薛，到底怎麼回事？」穆方面白如紙，嘴唇也有些顫抖。

老薛依舊坐在餐桌前，剛剛飲下一杯酒，抬頭看看穆方，滿意地點了點頭。

「表現不錯，很好。」

老薛又倒了一杯酒，端起來正要喝，被穆方一把搶了過去。

「好你個頭，我很不好！」穆方語無倫次地咆哮道：「你知道我碰到了什麼人嗎？你知道收信的又是什麼人嗎?!」

「是死去的人。」老薛慢條斯理的一句話，讓穆方頭髮差點立起來。

看穆方那一臉驚恐的樣子，老薛搖了搖頭：「也不是你想像的那樣，他們只是『靈』而已。除了存在方式不同，和人沒什麼區別。」

「哪裡沒區別！人可看不見它們，也不會害它們！」穆方還是心有餘悸。

「你這話奇怪了，難道『靈』就會害人嗎？」老薛喝了口酒，悠悠道：「更何況，人和一些『靈』雖然同在一個世界，但卻處在不同的維度空間，就像兩條平行線一樣，永遠沒有相交的可能。連感知對方的存在都難，又談何害人？」

聽著老薛的話，穆方若有所思，但想了想後又搖頭道：「不對，那剛才我怎麼看得到它們？」

穆方一回想起來又有點心悸，四下看了看，下意識地把酒杯湊到嘴邊，想喝點酒壓壓驚。

「因為今天你喝的酒是『靈釀』，也就是『靈』釀製的酒水。」老薛瞥了瞥穆方手裡的酒杯，開口道：「喝了靈釀，便可接觸到靈體。以前你喝完就睡了，所以沒注意到。」

「噗！」

剛剛喝到嘴裡的酒，全被穆方噴了出去。

「靈釀最多只有六個小時的時效性，多喝也不會有變化。」老薛似有笑意：「而且你能看到靈體，也是因為我把靈釀擦在你的眼睛上，否則的話，你就算能碰觸到他們，也不會看見什麼東西。」

「老薛，薛爺，薛大爺！」穆方一邊擦著舌頭，一邊帶著哭腔道：「您是專程來整我的嗎？整夠了就罷手吧，求您了！」

老薛好像沒聽到一樣繼續道：「我觀察你整整兩年，為的就是今天……」

「策劃兩年就為了今天整我，我是跟你有什麼深仇大恨啊！」穆方依舊哭喪著臉。

老薛瞪了穆方一眼：「你以為我願意選你？要不是天道認定，我才不會把這種好差事給你。」

「這麼好的差事我消受不起，您還是另請高明吧。」穆方頭搖得跟波浪鼓一樣：「跑一次就遇見那麼多，那麼多……那個，萬一再碰上，我非嚇出心臟病不可。」

「沒有萬一，是肯定會再碰上。」老薛似笑非笑：「因為雇我送信的就是他們，是『靈』。」

穆方瞅了瞅老薛，把那兩萬塊錢掏出來丟到桌子上，然後走到門口把門打開，轉頭道：「你走不走？不走我報警了。」

老薛白了穆方一眼，從懷裡掏出個東西扔到桌子上，發出噹啷聲響。

穆方眼睛一下瞪大了。

如果沒看錯的話，那好像是一根金條。

老薛又掏出一個東西扔到桌子上。

穆方揉了揉眼睛，是珍珠嗎？好大……

老薛又掏出個東西，這次是一個鑲著寶石的金冠。

穆方下意識地向前邁了一步。

老薛又掏，穆方又邁步。再掏，再邁步……

沒多久，桌子上堆滿了金銀珠寶，而穆方也順利走到了桌子前面，眼睛瞪得跟牛一樣。

「你、你別想賄賂我！」穆方盯著那些珠寶，非常沒有底氣地哼道：「我是有氣節的人……」

在兩萬塊錢面前穆方是有氣節的，但這麼一大堆珠寶就不同了。

「這些不是給你的，只是讓你看看。」老薛狡詐地一笑，隨手一揮，好像變魔術一樣，桌子上的東西全都消失不見。

看著那堆東西消失，穆方感覺自己的心都差點跟著消失。

「哼！」穆方故作不屑轉身道：「魔術變完了就快點滾。」

「只要你答應，得到的會比那些更多。」老薛慢悠悠道：「那些東西，都是送信的報酬。」

嗖地一下，穆方又把身子轉了過來，不確定地重複問道：「送信的報酬？」

「『靈』沒有貨幣，不可能像凡人一樣支付現金，但是他們有的東西，卻是在世間有再多錢都買不到的。」

老薛頓了頓，繼續道：「他們也會思考，也有欲望，甚至能製造屬於自己的東西，珠寶、美酒、各類工具……只是一般來說，那些東西只能他們自己使用，凡人連碰觸都無法做到。」

「那還有個屁用。」穆方立刻失去了興趣：「不能用的話，拿來擺著看啊。」

「別人不行，但郵差可以。」老薛意味深長地強調道：

「三界郵差。」

02

因為你是個倒楣蛋

靈力足夠強大的人能看到甚至接觸靈體，但聽不懂「靈」的語言。相對的，「靈」也無法懂得人語，就算書寫同樣的文字，也無法辨識互通。

除了作為天道守護者的地府諸神之外，沒有人可以逾越這條法則。

但，三界郵差是一個例外。

三界郵差非人非靈非神，守護天道的同時也在修補天道。

除了走陰陽、行三界，識得「靈」的語言之外，還有一項連地府諸神都沒有的本領。

逆轉陰陽！

陽間燒的紙錢和貢品可以送到「靈」手上，但是反過來卻沒有相應的管道，而郵差為「靈」送信，是唯一可以逆向轉化的途徑。

完成「靈」的心願，作為報酬得到的物品就能轉化為陽間之物，這種轉化可以永恆，也可以暫時。

轉化後的物品和陽間之物沒有任何分別，其他人也一樣可以使用，郵差還可將其再度轉化為靈界之物，次數完全隨心所欲，沒有任何限制。

聽著老薛的敘述講解，穆方眼中精光大放。

「也就是說……」穆方瞪著發亮的眼睛，喃喃暢想：「要是我找個死人合作，就可以不停地燒紙錢給他，然後再通過幫他送信的方式，把那些紙錢變成真錢拿回來……哇，真的發財了！」

「你腦子裡都是些什麼啊！」老薛給了穆方一記栗爆。

費了半天口舌，這小子竟然得出這種結論。

「郵差送信是為修補殘缺的天道，如果濫用能力，會被天道制裁。況且你說的那個方法也行不通。」老薛耐著性子解釋道：「你當初燒的是什麼，拿回來的就是什麼，當然，如果他們在陽間留著什麼別人不知道的東西，也可以作為交易用途。」

「噢……」穆方眼睛骨碌碌地亂轉，好像在盤算什麼。

老薛也不著急，胸有成竹地看著穆方。

在兩年的時間裡，老薛無時無刻不在觀察著穆方。品性、脾氣、喜好……老薛都了然於胸。如果不是有了十足的把握，他也不會選擇在今天攤牌。

不過老薛還是漏了一樣——穆方的節操。

穆方想了一會，問道：「做這工作的人，一共有多少個？」

「呃，一個。」老薛有些意外。他本以為穆方會問一些細節上的問題，沒想到問這個。

「這個城市裡只有你一個？」穆方有些不確定。

「不。」老薛搖了搖頭：「全世界只有我一個。」

穆方撇了下嘴，明顯不信：「全世界那麼多『靈』，一個郵差忙得過來？」

「亡者留世本就有違天道，郵差只是為他們覓得那一線生機，並不代表要為所有人送信。」老薛睨了穆方一眼道：「況且天道威嚴，也只能容忍一名郵差存在，如果不是我要退休也輪不到你。」

「這樣啊。」穆方似懂非懂，眼睛又轉了轉，問道：「送信的報酬是郵差說了算，還是客戶說了算？」

老薛很勉強地回道：「這個可以商量，雙方都有選擇的權利。」

「也就是說可以討價還價？」穆方追問。

「算是吧。」

老薛咳嗽了兩聲，正色道：「『靈』在人間的行動有範圍限制，不管這個範圍是一座城市，還是一個瓶子，他們都無法越雷池一步。而在靈界，他們雖然沒有行動範圍的限制，卻也無法輕易穿越陰陽。這些限制固然維持三界安寧，但也存在不足和隱患，你要擔負的意義和使命，遠比你想像的要複雜。」

老薛覺得穆方的思路歪了，想給他矯正一下，只可惜穆方完全沒領會，腦子裡只有一個字在閃。

錢錢錢錢錢錢錢錢錢！

全世界有多少的「靈」啊，郵差卻只有一個，赤裸裸的唯一大壟斷行業啊！

敲活人的竹槓觸犯法律，可敲死人的竹槓誰管得著我？

燒真金白銀祭祀的暴發戶，用古董字畫陪葬的文人騷客，到死都藏著寶貝的守財奴……

哇塞，好多潛在的大肥羊……嗯，是好多潛在的大客戶！

對了，要是碰上聶小倩那樣的，說不定還能當回寧采臣……

「穆方，穆方，你在想什麼？」老薛終於注意到穆方那淫蕩的表情，心中頓時升起一股不祥的預感。

「沒什麼，還剩最後一個問題。」穆方有些在意地問道：「這工作聽上去應該滿搶手的，為什麼偏偏選我？」

「三界郵差為天道服務，你是天道給出的人選之一，也是我考察的最後一個對象。」

老薛嘆了口氣：「如果不是前面那幾個我實在看不上，我也不想選你。」

「請說重點。」穆方翻了個白眼。

老薛看了看穆方，反問道：「天道循環，全憑因果法則，對萬物生靈一視同仁，但世人多呼天道不公，你可知為何？」

穆方搖頭：「我不知道，但也不覺得天道公平。」

「因為天道無情，無法揣摩人心，不知世間人情冷暖，不知何為善，何為惡……故此天道不全。」老薛嘆息道：「人靈分處兩界，彼此不能相見，卻有『情』緊密相連。三界郵差不是送信，而是以送信之名，讓天道體會人間真情，得以補全。」

老薛侃侃而談，穆方卻是聽得一頭霧水，連忙擺手道：「你說了這麼多，還是沒說為什麼選我。」

「因為你是有情之人，卻行無情之道。如果用直白一點的語言……」老薛掰著手指頭：「你心腸不壞，但偏偏扮演著混球的角色。比如說學校老師和同學都不喜歡你，在家裡也是奶奶不疼舅舅不愛，出門買菜都被當成收保護費的流氓。說白了，你就是個超級倒楣蛋。」

「你是想看我哭，還是想挨揍！」穆方咬牙切齒。

老薛咳嗽了下，繼續道：「總而言之，親情、愛情、友情，你一樣都沒有，如果連你都能體會到情之玄妙，天道自然也能有所感悟。這就是我最後選擇你的理由，也應該是天道把你列為人選之一的原因。如果還不明白，我可以繼續舉例……」

「夠了夠了，不用再說了。」穆方連忙捂住老薛的嘴：「這工作，我接了！」

老薛微微一笑，輕輕擋開穆方的手臂，滄桑的臉孔倏然帶上了無盡的威嚴，使得人生不出半點抗拒的念頭。

「穆方，跪下！」老薛突然一聲斷喝。

穆方腿一軟，單膝跪地。

見穆方不是雙膝跪地，老薛眼中閃過一抹異樣。

「天道有缺，大道無常。亡者戀世，逆轉陰陽……」老薛二目圓瞪，聲音朗朗。

「我等以非人非靈非神之軀，行走陰陽三界，傳遞眾靈之念。行人之道，補天之缺。穆方，你可願入此門，擔此任！」

「我願！」

隨著穆方一聲應和，身體瞬間被湛藍的光華籠罩。房間之內，似乎颳起了陣陣輕風，隱約有樂音鐘鳴之聲。身體之內，也升起一股異樣的感覺，似是冰冷刺骨，但又令人無比地舒適。

那種奇特的氣息，在穆方體內環繞著，最後緩緩匯聚到右眼位置。

一陣微微刺痛之後，那種氣息和房間裡的異象全部消失不見。

老薛長吁了一口氣，額頭溢出了許多汗滴，好像剛做完一件很累的事情。

穆方捏了捏手腳，感覺沒什麼變化，抬頭問道：「完了？」

老薛有些疲憊地點點頭。「從今開始你我便以師徒相稱，有什麼不懂的都可以問我。」

穆方噢了一聲站起身子，向老薛一伸手。「師父。」

「幹什麼？」老薛沒明白。

「都叫師父了，當然是給拜師禮啊。」穆方哼道：「什麼符咒啊、桃木劍啊、八卦鏡之類的都拿出來。當然，要開光過的。」

「我剛才說的那些你都當耳邊風了嗎？」老薛氣罵道：「你見過郵差和客戶大打出手、動刀動槍的嗎？」

「說得也是。」穆方撓了撓腦袋，嘀咕道：「但總有萬一吧。今天收信那個女靈還好，但路上碰到那些可是一點都不友好。」

「那是因為出於對你的考驗，我在信上動了一些手腳。」老薛滿意道：「你的表現很不錯，比預想的好……」

見穆方又有發飆的趨勢，老薛連忙補充道：「而且我已經給了你一件很珍貴的東西。難道你沒發現，你那隻受傷的眼睛已經不一樣了嗎？」

「我的眼睛？」穆方下意識地摸了摸右眼，頓時一驚。

他的右眼本來已經失去了視力，可一摸才發現，現在竟然又能看到東西了。

「我的眼睛，我的眼睛醫好了？」穆方有些激動。

穆方的眼睛是一年前瞎的，一直擔心父母從國外回來後發現，而且也只有眼睛盲掉的人才知道光明的可貴。

「是給你換了一隻眼睛。」老薛顯得很淡然：「一隻靈目。」

「靈目？是陰陽眼什麼的嗎？」穆方走到鏡子前面看了看。除了瞳孔的顏色有一點點不同之外，也沒發現什麼異常之處。

老薛道：「雖然已被天道認可，但你終歸是人類，要想順利地和『靈』打交道，還需要一個媒介橋梁。現在這隻靈目是封閉狀態，只有開啟之後，你才能看見靈體，否則就算你識得靈語，也無法和他們交流。」

「這樣好，也免得時時刻刻都看到那些傢伙，那感覺太怪了。」

反正是要跟「靈」打交道，多隻靈目也沒什麼大不了的。穆方揉了揉眼睛，有點躍躍欲試。「這玩意怎麼開？」

「需要用靈力開啟，之後我會把法門教給你。」老薛知道穆方不懂靈力，稍微解釋道：「萬物皆有靈，只是強弱不同。這兩年你常飲靈釀，靈力堪堪達到『通靈境』入門，勉強有了開啟靈目的資格。」

老薛頓了頓，嘆息道：「你的資質太差，靈力太弱，發揮不出靈目的真正力量。我會傳你《聚靈歸元心經》，早晚呼吸吐納，以此來錘鍊增強靈力。」

「嫌差你去找別人啊。」穆方瞪了老薛一眼。

「是天道選了你，不是我。」老薛有些慎重地提醒道：「你一定要記住，靈目開啟的時間和靈力多少息息相關。靈力耗盡，靈目會自行封閉，如果你強行延續，會產生非常嚴重的後果。」

穆方撇了撇嘴，心中暗自嘀咕：既然是壟斷行業，都是他們求我，又不是我求他們，開啟時間短就短唄，反正著急的不是我。

穆方點了點自己的眼睛，不甘心地問道：「就只送我這個，真的沒別的了嗎？比如說乾坤袋什麼的，剛才看你拿了那麼一大堆東西，一下就不見了。反正也要退休，乾脆給我算了。」

「你倒是精得很，但那個不能給你。」老薛努力按捺下揍死穆方的強烈欲望，耐著性子道：「靈目有很多種，你這隻更是非凡，辨靈、驅怪、走陰陽……總之它的功效超乎你的想像。」

「有沒有迷魂把妹的功效？」穆方眼睛閃亮。

「……」

此時此刻，老薛突然有些懷疑自己的選擇。這個無節操的小子，真能體會到情之道，做好三界郵差的工作嗎？

不管是靈目的使用方法，還是與「靈」打交道的常識和注意事項，都絕非幾日之功，老薛原本準備利用三個月時間對穆方進行特訓，但事實上只過了三天，老薛就打發穆方送信去了。

但這不是因為穆方天縱奇材，三天就把三個月的課程完成，而是老薛實在忍受不了穆方了。如果繼續下去，老薛真怕自己哪天按捺不住，直接滅殺了這個混球！

不過穆方是滿開心的，因為他首位正式客戶，就是一隻油水充足的大肥羊！

「大肥羊，我來了！」

站在一棟金碧輝煌的大樓前面，穆方振臂高呼，行人紛紛側目閃避。

這裡是東元商場，黑水市最大的商業中心，著名的地標建築——「金和尚」。之所以有這個怪名，一是因為商場頂部設計成橢圓形，遠遠看去有點像人的腦袋，再就是東元集團的董事長：腦袋光光的宋東元。

宋東元白手起家，歷經二十餘年時間，從一個小超市的老闆，成為黑水市的商業龍頭老大。如今的黑水市，超市行業幾乎被東元集團徹底壟斷。黑水市五個商圈中心，東元集團獨占其三，還有房地產，東元集團也能擠進前五。

不過宋東元本人已經去世多年，現在集團的掌舵者是他的大兒子宋逸來。而穆方今天要見的「客戶」，就是已經死去八年的宋東元。

三界郵差修補捍衛天道，「靈」天生便知曉郵差的存在，郵差也有辦法知道哪些「靈」有送信的需求。但穆方現在靈力太弱，所以在穆方獨當一面之前，任務只能由老薛代為發布。

穆方走進東元商場，裡面盡是熙熙攘攘的人群。

一樓主要販售珠寶首飾，逛的人很多，但沒幾個人到櫃檯前問價。

穆方四下看了看，又抬頭看了看樓上，不由得嘆了口氣。

在這種地方找活人都費勁，更別說找「靈」了。

「也沒給個詳細地址，真是麻煩。」

穆方抱怨了兩句，閉上雙眼，兩手暗扣印記，口中低喝：「靈目，開！」

一陣輕風拂過，穆方周圍的人都感覺一陣奇怪，一名服務員更是不禁抬頭看了看，懷疑是不是中央空調出了問題。

穆方吁了口氣，緩緩睜開眼睛。

右眼，變了。

他的眼珠全都變成了紅色，如同熊熊燃燒的火焰，瞳孔更是幽暗無比，好似深邃的黑洞……

再看向四周，穆方眼前出現兩個疊加的世界。

左眼中還是現實世界，但右眼看到的世界已截然不同，看什麼都罩了一層灰濛濛的霧氣，就好像戴了一副單眼墨鏡。

雖然之前已經演練過多次，但穆方還是有些彆扭。

「來吧，看看有沒有能溝通的……」

穆方嘀咕了一句，閉上左眼看向四周。

人眼看人，靈目見靈。穆方閉上左眼，便只能看到「靈」的世界。

熙熙攘攘的人群不見了，偌大的商場只剩下幾十個人，有男有女，有老有少。有的搖搖晃晃站在原地，有的漫無目的來回遊蕩著。

都是遊魂啊。

穆方打量了一圈，有些失望，睜開左眼向另一個區域走去。

萬物皆有靈，人失去肉身便以靈體存在。

遊魂、幽魂、怨靈，這是最常見的三種型態。

遊魂記憶殘缺不全，神志不清，依本能行動；幽魂記憶相對較全，神智也基本和生前相當；怨靈與幽魂類似，但怨氣頗深，脾氣普遍不太好。

「靈」寫信並非用紙筆，而是以靈力凝聚，遊魂連神智都不清醒，自然也無法凝聚靈力，要想找聊天問路的，只能找幽魂。至於怨靈，穆方肯定繞著走。

因為是成為郵差後的第一次任務，所以穆方很亢奮，中午隨便吃兩口飯就跑出來了。可穆方在一樓轉了一圈，看到的全是遊魂，一個能交流的都沒找到。

「看來現在太早了。」穆方看了眼商場裡的鐘，指針剛好指到下午兩點。

老薛說過，雖然「靈」不會怕陽光，但也不喜歡，白天多數不願意出來晃蕩。

「靈」要是不出來，隨便找一個角落甚至小瓶子一待，這麼大的商場，想找他們出來可不是容易的事。

穆方目前是通靈境入門，靈目每天只能開啟三次，每次半個鐘頭，沒太多時間去浪費。

「嗨，穆方！這邊！」

穆方正考慮要不要回去睡個午覺，等晚上來逛夜場，突然聽見有人在叫他的名字。回頭一看，立刻生出一副便祕的表情。

在一個賣高檔手表的櫃檯後面，一個三十歲出頭的櫃姐正向穆方招手。

真背，怎麼忘了她在這了。

穆方暗罵了一聲晦氣，擠出幾絲笑容走了過去。

「阿姨好。」

打招呼的櫃姐名叫方淑芬，是穆方的阿姨。

穆方跟父母的關係很好，但對其他親戚就沒什麼好感了，一個個都是嫌貧愛富、六親不認的傢伙。

當初穆方父母都是普通上班族，家境一般，平時也沒什麼親戚上門，直到穆方父親穆遠平炒股，正巧當時景氣大好，怎麼買怎麼賺錢。

親戚們看了眼紅，也都去炒，可要麼被套牢，要麼就賺的少，於是一群人商量之後，決定把錢集中到穆遠平這，想吃大戶分紅。

原先穆遠平和妻子方淑珍都不願意，因為風險太大，可無奈一群人天天到家裡來，差點把門檻踩破，各種好話說盡，夫妻倆實在推脫不過，勉強答應了下來。

最開始沒什麼問題，可後來遇上金融風暴，股市大跌，錢全都賠了進去。親戚見狀立刻翻臉不認人，紛紛上門要錢，阿姨方淑芬就是其中一個。

穆方的父母出國就是為了還債，在工廠做勞力工作。那些工作大多對身體有害，穆方其實不希望他們去，但工廠給的薪水很高，他沒能力阻止。

「又蹺課啊。」方淑芬開口就讓穆方一陣心情煩躁。

「放寒假了，隨便逛逛。」穆方盡可能地保持禮貌。

「噢，原來如此。」方淑芬打量了穆方兩眼，突然好像想到了什麼，警惕道：「平時也沒見你到商場來，是不是你爸寄錢給你了啊？」

「放心，有錢也肯定先匯到妳的戶頭裡，我只是隨便逛逛。」穆方對方淑芬的反應並不意外，也很厭煩，轉身就想離開。

「知道就好，你們家還欠我三十多萬呢。」方淑芬咕噥了一句。

穆方步伐一頓，忍不住回頭道：「阿姨，如果我沒記錯的話，欠妳的錢不到二十萬。」

方淑芬翻了個白眼。「你小孩子懂什麼，這都兩年多了，要算利息的。」

「那也沒那麼多。」穆方皺眉道：「當初你們參股，說不要利息，後來賠了，又說按一分利算賠的錢。這也就罷了，但照當初說好的利息，妳那些錢就算以二十萬算，兩年是四萬八，加起來連二十五萬都到不了。」

「呦，這麼好的腦子怎麼沒用到念書上呢，你媽教你的吧。」方淑芬有些驚訝，但嘴上不饒人：「你出去打聽打聽，現在借貸採三分利的到處都是，不是看在親戚的分上誰給你算兩分利。一分利，虧你好意思說，當是存銀行啊。」

「兩分利……」穆方拳頭不由得握緊，眼睛死死地盯向方淑芬。

兩分利已經幾乎是銀行貸款基準利率的四倍以上，相當於高利貸了。而事實上，如果不是怕觸及紅線，方淑芬等人倒是真的想按三分利要錢。

剛才和方淑芬說話，穆方怕嚇著對方，所以閉上了右眼，可是這一番話著實激怒了他，他下意識地把兩隻眼睛全睜開了。

此時靈目尚未封閉，透過頭髮的縫隙，一抹血色的猩紅隱隱映射出來……

方淑芬不禁打了個冷顫，臉色蒼白得幾乎和死人沒兩樣。

靈目溝通陰陽三界，自然也能對活人造成影響。穆方動怒，引動了靈目本身的一些氣息，方淑芬是從靈魂深處感到了恐懼。

「你、你想幹什麼……這件事，這件事可不是我決定的……」方淑芬結結巴巴，在櫃檯後又退了兩步。「這件事是大家一起商量的，你爸媽也同意了，不信你去問……」

「你們的錢，我會還！」

看著方淑芬那醜陋的樣子，穆方的心突然平靜了下來。

不就是錢嗎，等著我用錢砸死你們這幫不要臉的東西！

穆方一直想跟那些所謂的親戚做個了斷，只可惜有心無力。可方淑芬意外提醒了穆方，他現在能力做到了。

宋東元是黑水市前任首富，現任首富是他兒子。替這死老鬼送信，不狠敲一筆，這個郵差就算是白做了！

03

第一單生意

丟下方淑芬，穆方一個樓層一個樓層地找上去，尋找可以進行溝通的靈。幾個樓層逛下來，靈目已經用了一次。

穆方很有耐心，今天找不到，大不了明天再來。

皇天不負苦心人，等來到六樓的時候，終於有了收穫。

穆方休息了一會，再次開啟靈目，就見到一個五十多歲的中年人在走道中匆匆急行，光禿禿的腦袋泛著青白的光，看起來有點像個大燈泡。嘿，還挺亮的！

宋東元：八年幽魂，男，病故，卒年五十二歲。

看著那光溜溜的大腦袋，穆方腦海中頓時浮現出一些資訊。

這是靈目的能力之一，辨靈，但穆方更喜歡把這個叫做查戶口。

只要靈力差距不大，任何靈只要以靈目看上一眼，相關資訊便會即刻了然於胸，如同查戶口一般。

商場裡到處是人，穆方也不方便大聲喊叫，要是在這喊宋東元，八成會被警衛當成精神病患扔出去。穆方二目同開，穿過人群追了上去。

遊魂眼神呆滯，走起來也很慢，但幽魂速度就快了很多，行動跟常人無異。

宋東元是靈體，可以從人身上穿過，穆方擠來擠去就慢了很多。等好不容易擠過去，宋東元卻突然轉彎了，鑽進一個小門裡。

穆方顧不得許多，跑過去拉開門就衝了進去。

「啊——！」

一聲刺耳的尖叫，震得穆方耳膜嗡嗡作響，他慌亂地摸索了一下前方，只覺得手掌所觸一陣酥軟。

什麼情況？

定睛一看，穆方眼睛一下就直了。

一個十七、八歲的少女站在面前，綁著馬尾，只穿著內衣，雙手捂著胸口，滿臉的驚恐。穆方因為急急忙忙地推門闖入，手好巧不巧正按到少女的胸口位置。而少女過於緊張，捂胸的時候連穆方的手一起捂了進去……

「有色狼！」少女捂胸大叫。

穆方這才注意到，這裡竟然是一間更衣室，頓時大囧。

「妳、妳放手！」穆方是想出去，可現在手被少女按到胸口上。手中觸感軟軟彈彈的，穆方半邊身子都麻了，哪裡還抽得出去。

少女低頭一看，臉真是比關公還要紅，腦袋上好像都冒熱氣了。她連忙放手，順勢抬起一腳把穆方踹了出去，匡地一聲關上了門。

穆方一屁股坐到地上，但感覺不到絲毫疼痛，只能感覺到手掌的酥麻。但等緩過神向四周一看，他也顧不上回味了，差點沒哭出來。

四周花花綠綠的，全是女式的內衣內褲，這裡竟然是女性內衣專賣店。

一大圈歐巴桑聚攏在四周，對穆方指指點點，一臉的鄙夷和唾棄。

「色狼見多了，這麼猖狂的還真沒見過。」

「這些色狼膽子越來越大了，竟然直接衝進更衣室！」

穆方真是欲哭無淚。

還不如被當成神經病扔出去呢，這下被當成變態色狼了。

很快，又有幾個虎背熊腰的警衛走出人群，神色不善地瞪著穆方。

「咕咚。」穆方咽了口唾沫，弱弱地舉起手。

「如果我說是個誤會，你們信嗎？」

別說眼前這些人不會信，就算把認識穆方的人找來也沒人會信。

曠課、打架、騷擾女同學、上課打呼磨牙用水桶泡腳……但凡學校有的處分，穆方全都倒背如流，沒有的處分也開拓了不少。

兩年多的高中生活裡，穆方簡直就是汙點的代名詞，社會垃圾的後備軍，老師家長們引用最多的反面教材。

這樣的一個人，闖女更衣室似乎也是情理之中的事。

在穆方無力的申訴和掙扎當中，一群神情凶狠的警衛將其架起，左拐右拐，直接丟進一個小房間給關了起來。

「冤枉啊，我要找律師……」

穆方有氣無力地喊了兩聲，嘆了口氣，拉過一把椅子癱坐下來。

出門之前真應該看看黃曆，今天太背了。以前倒是也沒少被人說是色狼，但被抓現行可是開天闢地頭一遭。太丟人了，簡直是一生之恥。不過，手感真好……

穆方正在那患得患失，突然覺得有人在看自己。一抬頭，一個大光頭從牆壁上探出，正好奇地看著自己。

東元集團前任董事長，宋東元。

要是換個時候，穆方一定會被嚇一跳，可是現在他只感到憤怒。

「就是你這混蛋害的！」

穆方猛地跳起來，跑過去一把揪住宋東元腦袋，直接從牆壁裡拽了出來。

「老色鬼，竟敢害我，你害我！」

穆方把宋東元按到地上，掄起拳頭就是一通暴打。

靈目一開，穆方的身體便介於人靈之間，可以接觸陽間之物，也可碰觸靈體。宋東元被打得哇哇大叫。

「打我做什麼，有話好好說，好好說！」

「好，那我們就好好說！」穆方掐著宋東元的脖子罵道：「老子大老遠跑來替你送信，你這老頭不好好招待我就算了，竟然把我引到女更衣室，害我被當成色狼抓起來！別以為是死人就沒事，信不信老子讓你再死一次！」

「等等！」宋東元眨了眨眼睛，問道：「您是來取信的郵差？」

「知道還敢耍我！」穆方掄拳頭又要打。

「別打別打，我不是故意的！」宋東元連忙抱住頭，訕訕解釋道：「我就在這棟大樓裡也出不去，每天逛來逛去的，太無聊了。」

穆方一瞪眼。「無聊就跑來女更衣室？你怎麼不去女廁所呢！」

「我剛從那出來……」宋東元的回答，讓穆方一下就無語了。

宋東元哼哼唧唧道：「我活著的時候什麼美女沒見過啊，可誰知道死了卻連個順眼的都看不到。日子一久，記憶都模糊了，沒辦法，我就只好到女廁所女更衣室逛逛。雖然不能真正看見哪個女人，但至少能觸景生情，小小地意淫下，保留住以往的記憶……」

「靠，太猥瑣了，你真是沒救了。」穆方吐了口唾沫。「你找我送信，該不會是想找哪個舊情人吧？」

「不是不是。」宋東元連忙解釋道：「我是想給我媽送信。」

「你媽？」穆方怔了怔，鬆開了宋東元。

宋東元站起身，從懷裡掏出一個信封，遞向穆方。

「我媽死二十年了，比我早十二年，可她現在還是沒有投胎。生前我忙生意，很少在她身邊，去世的時候又讓她受了那麼多苦……她一定很恨我，所以我才給她寫信，希望能乞求她的原諒。我靈力很弱，八年才把信寫成……」

「細節不用說，你們母子的事我沒興趣，只負責送信。」穆方沒接信封，伸出手指撚了撚。

宋東元恍然，從懷裡掏出一個錢包，很識時務地拿出一疊錢遞了過來。

「你好歹也是個首富，別這麼摳好不好。」穆方撇了撇嘴。

「我現在只有這個錢包，還是他們燒紙錢給我時不小心掉進火盆裡燒來的。我現在是靈，有錢也都是紙錢。」宋東元無奈道：「你要是收紙錢的話，幾十億都有。」

「我也有幾十億，精蟲！可那能花嗎？」穆方看看宋東元手裡的錢包：「別告訴我你全部身家就這麼多。」

「就這麼多。」宋東元手指併攏作發誓狀：「如果撒謊，天打雷劈。」

穆方引導地問道：「你就沒陪葬的東西嗎？比如古董字畫之類？」

「沒啊，我是火葬。」宋東元道：「我的骨灰在公墓，那裡也不讓人放陪葬品。」

「再見！」穆方把頭轉了過去。

宋東元氣道：「老弟，別這麼勢利好不好，講點人情味啊！」

「你談生意時跟人家講人情味？」穆方不屑道：「更何況現在你死鬼一個，要什麼人情味！」

宋東元無言了。他白手起家，縱橫商場多年，各路牛鬼蛇神見多了，像穆方這樣的，以前他有的是辦法收拾。可今時不同往日，他現在什麼都幹不了。

穆方偷瞟了一眼宋東元，見他那著急無奈的樣子，好像是真沒辦法。

其實穆方也知道，別看宋東元生前威風八面，但現在有錢也都是他兒子宋逸來的。不過就算能讓宋東元和兒子說給穆方多少多少錢，穆方也沒法拿。

老薛說過，郵差代表殘缺的天道，如果從任務對象的關係人那裡謀取報酬，必會被天道懲罰。雖然穆方不知道那種懲罰是什麼，但也絕不想去嘗試。想要錢，只能通過交易的方式從任務對象身上想辦法。

穆方想了想，轉過頭來，細聲細語地提醒道：「宋大財主，你現在是掛了沒有錯，但活著的時候總有門路啊。好好想想，以前你就沒什麼祕密帳戶，或者在哪埋著什麼寶藏，別人不知道的？」

「生前好多事我都忘了，但就算沒忘，也不可能有什麼祕密帳戶啊，更別說什麼寶藏……」

宋東元蹲到地上撓著頭，想了又想，突然站起來。「等等，想起來了，我埋了幾十根金條！」

「在哪？」穆方眼睛也亮了。

「在……」宋東元剛要說，看了看穆方，又把嘴閉上，轉而把信遞了過來。

宋東元道：「金條是併購另一個大公司時埋起來的。當時一是為圖個好兆頭，再就是擔心最後賠進去，能給兒孫留下點財產。埋金條的地方很安全，沒其他人知道，只要你幫我送信，我就告訴你金條在哪。」

「狡猾的傢伙。」穆方哼了一聲，道：「幫你先送信也行，但我怎麼相信你沒撒謊……」

穆方話音未落，就隱約聽見冥冥中響起一個聲音。

信件：兒子的道歉。

報酬：黃金六千九百九十八點四克。

寄信人：宋東元，八年幽魂，男，卒年五十二歲。

收信人：劉素珍，二十年幽魂，女，卒年六十三歲。

穆方愣了下，這才想起來，郵差的任務和天道相關。只要完成，就算宋東元不說，天道也會告訴自己黃金在哪。

確定宋東元的話可信，穆方馬上就開始在心中算起了帳。

剛才在一樓閒晃的時候，好像看到有個牌子上寫著今日金價一千五百一十五。如果四捨五入把黃金按七千克算，金價按一千五百算，那就是……

一千零五十萬！

就算扣掉其他原因造成的誤差，也至少有一千萬啊！

穆方算別的不行，就算錢算得快，呼吸一下急促起來。

「老弟，老弟？」宋東元不知道發生了什麼，有些擔心地招呼了兩聲。

「啊？」穆方緩過神，一把奪過信件。

「這單生意我接了！」

契約達成。

冥冥中的聲音再度響起，一個血紅的詭異郵戳憑空出現，砰的一聲印在了信封上。

與此同時，穆方感覺自己的心臟也跟著震了一下。

隨後穆方下意識地一翻手，信封在手掌上消失，但同時，腦海之中出現一個識海空間，信封靜靜地躺在那裡。

老薛沒說過這些細節，但強調過，一旦契約達成，郵差便要將信件送達，在完成現有任務之前，無法再接新的任務。

「拜託了。」宋東元向穆方鞠了個躬：「我母親是在市立醫院病逝的，您可以試著去那找找她。如果那裡沒有，您也可以去找我兒子宋逸來，當年我忙生意，很少在孩子身邊，他是我母親一手帶大的。不過他個性比較固執，可能不太容易相信您的話。」

寄信的靈未必知道收信的對象在哪，上次送信給李向秋，地址其實是老薛寫上去的。正常情況下，天道也不會告知對方的所在，需要郵差自己去尋找。

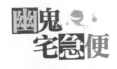

不過現在穆方也沒操心那個，眼前都是金條和鈔票在晃，笑得那叫一個開心。

開心的穆方沒注意到靈目已經消失，更沒注意到窗外正站著一群人，用異樣的驚恐目光看著他。

韓青青覺得自己倒楣透了。

她因為好朋友的自殺心情抑鬱，不想悶在家裡，就跑到商場散心。難得看中一款bra，誰想到剛脫下衣服還沒等試穿呢，就撞上一個臭色狼。

顧客在換衣服的時候被色狼襲胸，商場方面肯定難辭其咎，面對值班經理的誠懇道歉，韓青青很痛快地表示：一不需要商場賠償，二也不需要警察叔叔上門，只要把那個色狼交出來，讓自己暴K一頓就行了。

韓青青覺得天經地義，但經理有點為難。

色狼事件已經夠頭大的了，要是再鬧出人命，他也就不用繼續在這做下去了。商量了半天，在韓青青保證不使用工具的前提下，經理才勉強同意。

一群人浩浩蕩蕩地殺過來，正從窗戶看到穆方在裡面發瘋。

穆方跟宋東元對話，可其他人看不到。在其他人看來，穆方就好像一個人在那表演話劇似的，活靈活現。

尤其是最後流著口水傻笑的樣子，再加上長長的頭髮，不需要做任何鑑定，都能直接送進精神病院。

「這人是不是真有病啊？」

「是啊是啊，我看說不定是狂犬病……」

幾個警衛本來還想在美少女面前表現一下，可看穆方那副德行，心裡都有些忐忑。對付色狼他們不怕，可對付精神病患就不行了。尤其眼前這個還在流口水，搞不好有狂犬病，被咬到可就糟了。

經理也有些為難，試探性地對韓青青道：「韓小姐，妳看這情況……還打嗎？」如果韓青青堅持要打，經理琢磨著得先找膠布把穆方的嘴封上。

韓青青也有些猶豫不定。

經理連忙趁機勸道：「我看這小子就是個神經病，妳看他那衣服，羽絨外套都是不知多少年前的款式了，裡面的毛衣也都脫了線，還有那雙鞋，鞋底都磨平了還沒換。呦，剛還沒注意到，妳看他臉上還有道疤。」

穆方這身行頭的確有年頭了，一直捨不得買新衣服，不是穿老爸的，就是穿了好幾年的。

韓青青看來看去，突然感覺有點鼻子發酸。

看看穆方的年紀，跟自己差不多大，說不定就是家裡貧困，吃不上飯又上不起學，營養不良又沒接受什麼教育，導致腦子不靈光。想想也是，哪有大白天往更衣室裡闖的色狼，一定是傻子。

「算了吧，他也怪可憐的。」自我腦補之後，韓青青反而開始同情起穆方了。

「韓小姐果然是人美心也美！」本就怕承擔責任的經理大喜過望，立刻拿出了自己許可權內的最大補償，以防韓青青反悔變卦。

既然決定放那小子一馬，韓青青也不再客氣，照單全收。連男朋友還沒有就被吃了豆腐，再不撈點精神損失費，也太對不起自己的一對小白兔了。

穆方並不知道自己剛剛逃過一頓ＳＭ，還在那咧著嘴繼續傻笑，眼前全是金燦燦的金條在轉。

但他的黃金夢沒做太久，就被警衛套上麻袋，從後門扔了出去。

穆方絲毫不生氣，從麻袋裡爬出來後，還高興地跟警衛揮手道別。

看著穆方那樂不可支的樣子，警衛們越發確信這小子是個神經病無疑。

穆方現在才不在乎是不是被當成神經病，只等著明天送信拿黃金。

穆方想得挺好，可等回去跟老薛說了之後，卻被潑了一盆冷水。

「人死之後未必會留在原處，劉素珍不一定在醫院。」

「這個我知道。」穆方不以為意。「但這可是宋東元說的，他會不知道自己老媽在哪？」

老薛不屑地哼道：「那你去找宋逸來問問，看他信不信他老爸天天在女廁所裡蹲著！」

「這個……」穆方沒話說了。

「如果收信的對象那麼容易找到，你這個郵差未免也太輕鬆了。」老薛掏出個煙斗，點著了吧嗒兩口。

人死之後，因為不同的原因，會滯留在不同的地點，在投胎轉世之前都難以移動。就像宋東元一樣，只要他還留在人間，就離不開東元商場。

劉素珍雖然已經死了二十年，但也肯定一直在某一個地方，只是這個地方在哪，就沒那麼容易確定了。

可能在醫院，可能在家裡，也可能在墳地，甚至有可能因為惦記買菜，而在某個菜市場徘徊。靈的執念看似簡單，但找出來卻非易事。

穆方心想，這混帳師父也不事先說清楚，這下可麻煩了。黑水市這麼大，誰知道劉老太太躲在哪個角落？早知道就跟宋東元多聊聊，最起碼能知道劉素珍平時愛去什麼地方，至少也能畫個範圍。

可現在想再回去找宋東元打聽也有點困難。一是不知道那老頭在哪個女廁或更衣室躲著，再就是他剛剛才被當成色狼扔出來，肯定已經被列入商場警衛的黑名單。要是再看到自己到女廁所和更衣室外轉來轉去，就算不送派出所，也勢必會被痛揍一頓。

算了，還是先去市立醫院看看，就算找不到劉素珍，醫院的靈肯定也不少，說不定就能打聽到點什麼。

第二天，穆方吸取前一天的教訓，等太陽落山才出門前往市立醫院。

等到了之後一開靈目，穆方嘴角一個勁地抽動。

醫院的靈果然不少，而且品質絕對有保證。站在醫院門口隨便掃兩眼，光能交流的幽魂就七、八個，至於無意識的遊魂，更是成群結隊。

老薛說過，如果靈大量聚集在同一個地方，當積累到一定數目之後，便會自動開啟黃泉之門，將靈強行送入靈界，待在靈界消除執念和怨氣，再入輪迴轉世。

穆方抬頭以靈目看了眼天空。

天空之中，層層烏雲聚集飄動，形成了一大片漩渦狀的雲團。

看情形，用不了兩、三天黃泉之門就會開啟。

醫院大樓外面除了停車場就是一些假山花圃，穆方掃了幾眼，把目光鎖定到了花圃邊。

那裡有一個石桌，旁邊擺放著四個石墩，兩個頭髮花白、一胖一瘦的幽魂，正在那面對面下棋。

王壽生：二十三年幽魂，男，病故，卒年六十七歲。

李關山：二十三年幽魂，男，病故，卒年六十九歲。

好，就你們倆了。穆方選定目標，往前擠去。

「借過借過。」

靈和人處於不同的維度空間，不存在擠著誰的問題，但穆方靈目一開，行走三界，人和靈都能擋他的路，不使點勁還真擠不過去。

「兩位爺爺好啊。」穆方到了石桌近前，笑呵呵地打了個招呼。

兩人看都沒看穆方，只在那直直地盯著對方。

穆方討了個沒趣，想著等他們下完這一盤，可等了一會才發現誰都不落子。仔細看了看棋盤，穆方發現王壽生已是死局。

「這位老爺爺。」穆方忍不住道：「您這局棋已經死了。」

王壽生臉一拉，李關山哈哈大笑：「你看你看，連這小鬼都看出來了，你還不認輸？」

「不認！」王壽生氣呼呼道：「你讓我悔一步棋，肯定我贏。」

李關山不屑道：「這二十多年就惦記悔這一步棋，你煩不煩啊。」

王壽生不以為然：「你少說我！要是你讓我悔了這一步棋，我們何苦在這耗上二十多年！」

聽著兩個老鬼吵架，穆方總算是聽明白了，也倍感無語。

原來二十多年沒投胎，就是因為這一步棋。連黃泉之門都沒把這兩位收進去，這得要有多大的執念……

「您二位在這二十多年，也算是老前輩了吧？」穆方客氣地問道。

「那當然，這醫院沒幾個比我們待得久的。」李關山一臉的自豪。

穆方又問：「那二十年前，有個叫劉素珍的老太太在醫院病逝，您二位認識嗎？」

「醫院死的人多了，誰記那麼清楚！」王壽生明顯對穆方很不爽。

「我認識。」李關山好像誠心跟王壽生作對，開口道：「要是問別人我還真不一定知道，但那老太太不一樣。她在醫院耗了兩年才死透，想想我都覺得辛苦。」

穆方聞言不由得一怔。

人看不見靈體，靈亦看不到人，人只有在彌留之際，才能被靈看到，可兩年時間那麼長，怎麼會？

見到穆方疑惑的表情，兩個老傢伙似有幾分得意。

「年輕人，剛死沒多久吧？」李關山一副高人的口吻道：「多混些時日，你就什麼都知道了。」

穆方聽了心中大罵晦氣，死的年頭長反倒成了不起的事了，你這死人有什麼好跟我神氣的。

不過他表面上還是得做出一副恭敬的態度。「請老爺爺不吝賜教。」

李關山很受用，咳嗽了下，道：「那老太太在剛進醫院的時候就不行了，但又被搶救了回去。整整兩年，一直在生死之間徘徊，就吊著那一口氣。」

王壽生也嘆了口氣，滿是感慨地接口道：「在這醫院裡，死的人多的是，但像劉老太太那樣折騰兩年的……哎……」

兩個老頭你一言我一語，穆方總算把當年的事情了解了個大概，臉色也有些不自然。

站在人的角度，治病救人天經地義，可誰曾想，站在另一個立場上，那竟然會是一場折磨。難道宋東元寫信，就是為了這件事嗎？

穆方得到了不少情報，但劉素珍的下落還是沒線索。

劉素珍當年死後沒多久就從醫院消失了，如果不是投胎，就是到了她的執念之地。一個人在病床上痛苦了兩年，最大的願望應該是解脫才對，可是劉素珍死後卻沒有投胎，說明她最大的執念不是這個。

會是什麼呢？

問宋東元大概也沒甚麼用，看來還是得找其他人了解一下，看看劉素珍在乎的到底是什麼……

對了，宋東元說過，他兒子是劉素珍帶大的。難道劉素珍的執念，會和她孫子宋逸來有關？就算沒關係，宋逸來應該也能提供些線索吧。

穆方一邊思索著，眼神隨意地亂瞟。

前面是停車場的入口，一輛賓士轎車剛好停下繳費。

掃了一眼車牌，穆方嘴角不禁向上一挑。

還真是說曹操曹操就到，宋逸來的車。

在知道自己第一個待宰的肥羊是宋東元後，穆方就在網上把宋家能查到的資料都查了兩遍，對宋逸來這輛賓士 S600 自是了然於胸。

不過現在穆方雖然能和靈打交道，和人打交道卻是個問題。

宋東元一死，宋逸來就取代老爹成了本市第一富豪，光那輛車就能頂這次任務的報酬，他八成不會鳥一個邋裡邋遢的高中生，該怎麼跟他接觸呢？

看著賓士進入停車場停車熄火，穆方還在犯愁，可等宋逸來從車裡出來，穆方不愁了，差點沒跳起來。

「我操！」

宋逸來四十有一，正處於成功男人的黃金時代，外貌也是儒雅俊朗，像知識分子多過商人。可是，現在穆方眼裡的宋逸來絕對和儒雅不沾邊。

因為在宋逸來的脖子上，竟然騎著一個女人。

女人燙著大波浪，紅裙子黑絲襪，前凸後翹身材火辣，畫面無比養眼。

唯一的問題，那個女人是靈。

劉豔紅：九年怨靈，女，墜亡，卒年二十八歲。異化天數三十九。

好了，這下不用愁了，老子就擅長跟靈打交道。

穆方自嘲了兩句，正想上前，突然想到自己剛才看到的資訊，步伐又生生頓住了。

等等，怨靈？異化？

這時，宋逸來正好轉過身子，穆方也見到了劉豔紅的正臉。

這一看不要緊，穆方下意識地就向後退了兩步。

幽魂與遊魂看上去都和人差不太多，這女人長得也挺漂亮的，就是表情冷了點，兩隻眼睛泛出了些許異樣的青色。

果然是怨靈！

而且，還正在異變為惡靈。

靈多分遊魂、幽魂、怨靈三類，但如果怨氣積累到一定程度，或者因為某種原因，怨靈便有可能化為惡靈。

惡靈的智商沒什麼問題，但性情極端暴躁，雞毛蒜皮的事就能讓他們喊打喊殺燒房子，靈力強度也均在通靈境後期之上。

普通人類幾乎不可能和靈發生接觸，但除開靈目這類手段之外，只要同時滿足兩個條件，這種接觸也會成為可能。

條件就是靈的靈力達到通靈境後期，且該靈的執念和被接觸的人有某種關聯。

老薛告訴穆方，人類遭遇惡靈的機率，僅次於碰到活著的賓拉登。

而穆方今天很不幸，遠遠地就看到了殘缺版的拉登大叔。

從變異到進化完成，需要七七四十九天，而現在已經過了三十九天。也就是說，再過十天，劉豔紅便可化為惡靈。

碰上這麼個東西可是意料之外，該怎麼做？

穆方還在犯嘀咕，劉豔紅似乎也注意到穆方，將目光轉了過來。

眼神凶厲，似有無盡的怨氣。

「封！」

穆方下意識一掐法訣，將靈目封閉。

靈目一閉，穆方周身立刻一陣輕鬆。再看向宋逸來，騎在肩頭的劉豔紅也消失不見。

但穆方知道，這只是自己掩耳盜鈴，怨靈必定還在。

看著宋逸來走進醫院大樓，穆方琢磨了一下，悄聲跟了上去。

04

又一隻肥羊

宋逸來似乎是提前做了預約，沒掛號直接進了電梯。穆方裝作患者，跟著宋逸來到了骨科。晚上醫院的人雖然少了些，但也是人來人往，倒也沒人注意到穆方。

到了一間診療室門前，宋逸來敲了敲門，邁步走入。穆方坐到門邊的椅子上，側耳細聽。

「張醫生，我這些日子天天做頸椎按摩，可脖子還是沒有好，您是不是能開點藥給我？」

「宋董，上次我就說了，您最需要的不是按摩也不是吃藥，而是休息。休養十天半個月，一定就好了。」

「沒辦法啊，公司裡事情太多了。」

「哎，你們這些大老闆啊，過年也這麼拚命……算了，我先看看。還是之前的症狀嗎？」

「嗯，就是脖子整天又痠又累，只有躺下的時候好點。」

「所以我說要多休息嘛……」

聽著宋逸來和大夫的對話，穆方暗自搖頭。

一天到晚扛個靈到處走，脖子不痠不累才奇怪。這病醫院可治不了，再怎麼休息都沒用。

穆方抓抓下巴，心裡打起了小算盤。考慮了一會，走到無人角落給老薛打了個電話。

穆方先匯報了目前的任務進度，然後說起宋逸來的事情，開口問道：「師父啊，要不然您老人家跑一趟，把那怨靈給收了？」

「臭小子，你把我的話當耳邊風是不是？」老薛在電話裡訓斥道：「做好自己分內的事，好好送信就好了，管那麼多閒事幹什麼！」

穆方連忙申辯道：「我這可不是多管閒事啊。宋逸來是劉素珍唯一的孫子，很可能知道他奶奶的事，可人家是黑水的頭號富豪，又是個肉眼凡胎，根本不會不鳥我。幫他除靈，是我目前唯一能想到取信於他的辦法。」

老薛斥道：「你去找宋東元問不是一樣嗎，幹嘛非盯著宋逸來？」

「我不是跟您說了嘛，因為一點小誤會，東元商場我現在不方便再去……」穆方嬉皮笑臉道：「而且您不也說，我們是行人道，補天缺，抱有如此偉大崇高的理想，怎麼能見死不救呀。宋逸來現在被怨靈纏著，說不定明天就被掐死，人間悲劇啊！」

穆方在那痛心疾首地嘮叨半天，老薛才勉強把話接過去：「臭小子，說得冠冕堂皇，你該不是想借除靈的機會跟宋逸來要錢吧？」

「絕對不是！」穆方站直身子，義正辭嚴道：「我可以發誓，動機百分之二百地純潔！」

「還是別發誓了，我怕你遭雷劈。」老薛沒好氣地哼了哼，而後又說道：「只要還沒變成惡靈就傷不了你，先跟那女鬼聊聊，要是不能和平解決，你再找我。」

穆方眨了眨眼，問道：「聊聊？除靈就這麼簡單？」

「那還能有多難？靈和人一樣，關鍵都在於溝通，你自己看著辦吧。」說完，老薛掛斷了電話。

聽著嘟嘟的忙音，穆方皺著眉頭來回打轉。

跟那怨靈溝通？怎麼溝通啊。看她剛才那樣子，就算做人的時候，也多半是個潑婦，死了不會變成聶小倩，倒是貞子的可能性大一些……

「砰。」

正走來走去的穆方，和從診室裡出來的宋逸來撞了個滿懷。

「啊，抱歉。」穆方連忙道歉。

「沒關係。」宋逸來倒是沒介意，揉著脖子向外走去。

穆方猶豫了下，上前道：「宋先生，請等等。」

「有事嗎？」宋逸來停步轉身。黑水市認識他的人很多，被認出來倒是不奇怪，只是不清楚眼前這個高大少年找他有什麼事。

「您，您……」穆方真是不知道怎麼開口，總不能說「宋先生，有怨靈騎在你脖子上」吧。

「您認不認識一個女人？」穆方終於想到一個不倫不類的開場白。

宋逸來嘴角挑了挑，露出幾分嘲弄的意味。

因為身分地位的關係，經常會有人絞盡腦汁地跟他搭訕拉關係。穆方期期艾艾的，也被宋逸來劃到了這一類人當中。

「那女人二十八歲，燙著大波浪，戴著銀耳環，穿著紅色長裙……」穆方回憶著，把那怨靈大概描述了一下。

宋逸來一開始還不以為然，想要轉身離開，可聽著聽著，臉色變了。

「是誰指使你來跟我說這些的？」宋逸來表情不善地看著穆方。

穆方茫然道：「沒誰啊，就是我。」

「不管是誰，請你轉告他：想對付我宋逸來，就光明正大地來，這種下三濫的手段，連三歲小孩都唬不了！」宋逸來氣呼呼甩下一句後，轉身便走。

穆方被罵得莫名其妙，等緩過神，宋逸來已經進了電梯。

見另外一部電梯一時半會還來不了，穆方只好從樓梯跑下去。等下了樓，宋逸來已經走向停車場。

「宋先生，等等啊……」穆方在後面氣喘吁吁道：「聽我把話說完，這事對你很重要……」

宋逸來頭都沒回，繼續走向自己的汽車。

「哎呦我操！」穆方也有些惱了。

老子是有別的意圖沒錯，但也是為救你的小命啊，不相信我就算了，那鄙視的態度算怎麼回事?!

「靈目，給老子開！」

穆方手印翻動，一邊跑著一邊開了靈目。

「……那女人脖子左側有紅痣，右手手腕有劃過的傷疤，塗著藍指甲油，名字叫劉豔紅，九年前死的！」

隨著穆方的喊聲，宋逸來的步伐又頓住了，猛回過身。

「臭小子，你究竟想做什麼？」

穆方跑到宋逸來身前幾公尺的地方停了下來，扶著腰喘了幾口氣，抬頭看了看：

「嗯，正面也看清了……瓜子臉，高鼻梁，右眼下面有黑痣，大雙眼皮……不過像是刀割的，有點假……一皺眉好多抬頭紋。牙齒不齊，露出來不太好看……我操，妳別過來！」

一邊看著人家的臉，一邊描述細節，就算一般人都會不高興，更何況一個怨靈。就在穆方還在那品頭論足的時候，劉豔紅就從宋逸來身上飛起，搖搖晃晃飄了過來。

雖然老薛說沒事，但面對此情此景，穆方又怎能不怕。

穆方連忙掐動法訣，閉了靈目。

穆方連續喘了幾口氣，就見宋逸來正詫異地看著他。

「你，你是豔紅的什麼人？」

「什麼人都不是，我和她一點都不熟。」穆方用力地搖著頭。

宋逸來眼角抽搐了下，看了看四周。

此時雖然已經天黑，但醫院裡還算不少人，剛才穆方在那大喊大叫的，早就吸引不少目光，甚至連警衛都盯著這邊，看樣子隨時準備過來。

「你跟我上車！」宋逸來丟下一句，沉著臉走向自己的汽車。

穆方知道自己達到目的了，嘿嘿一笑，跟了上去。

「好車啊，坐起來真舒服……對了，聽說這車還防彈，是真的嗎？」上了宋逸來的賓士S600，穆方就像得了過動症似的，摸摸這碰碰那，不住地嘖嘖讚嘆。

宋逸來沒有啟動汽車，靠在座椅上，沉聲問道：「現在沒有別人，你可以說了。究竟是誰叫你來的，目的又是什麼？」

「我剛也說過了，是我自己要來的。」穆方回道。

「豔紅已經死了九年，那時你不過是個七、八歲的孩子，就算認識她也不可能記住這麼多細節。」宋逸來盯著穆方，話裡隱隱帶著威脅：「我是個守法的商人，但這不代表我是個好脾氣的人。」

換成一般的高中生，或許就被宋逸來唬住了，但穆方卻很不以為然，開口問道：「宋先生，您相信人有靈魂嗎？」

宋逸來嗤笑了一聲，給了穆方最簡單直接的回答。

「我就直說吧，劉豔紅纏上了您，而且時日不短。」穆方也很直接。

「你可以下車了。」宋逸來臉色漠然。

「您是三十九天前突然開始脖子疼，只有仰面平躺時方可緩解。不過等到七七四十九天的時候，就算天天躺著也沒用了。」穆方也沒堅持，推開車門，對宋逸來道：「馬上過年了，算算日子過不了初五，您自己看著辦吧。」

「你等等。」宋逸來一把拉住要下車的穆方，表情陰晴不定。

穆方也不說話，靜靜地看著宋逸來。

宋逸來沉默了好一會，才緩緩開口問道：「這些話，真的沒有人教過你？」

「宋先生，你疑心病這麼重，累不累啊。」穆方嘆了口氣，道：「這樣吧，您回去先考慮考慮清楚，我們明天再聊，怎麼樣？」

宋逸來看了看穆方，問道：「你叫什麼名字？」

「穆方。」

「明天上午你來我的公司。」宋逸來拿出一張名片遞給穆方：「地址在這上面，我在辦公室等你。」

「沒問題，明天見。」穆方收起名片下了車。

待宋逸來的車開走，穆方終於裝不下去了，咧開嘴笑了起來，嘴角都快咧到耳根去了。

剛才說到劉豔紅把宋逸來纏住的時候，宋逸來雖然看似漠然，但眼中一閃而逝的異色還是沒有逃過穆方的眼睛。宋逸來不光信了穆方的話，而且似乎也有心理準備。

劉豔紅纏著宋逸來絕不是一時半會的事，說不定從死後就沒離開過宋逸來身邊，只不過是最近才開始變異。雖然正常狀態下他們不能相見，但這麼多年下來，難免有偶然的契機看到。

或許因為次數太少，宋逸來便以為是眼花做夢，但今天被穆方點破，就由不得他不多想了。

「哈哈哈哈哈哈哈哈，跟我玩欲擒故縱，你還差了點！又一隻肥羊呀……正好把你們父子一起狠宰一頓！哇哈哈哈哈！」

宋逸來是劉素珍的親孫子，或許能從他這兒得到什麼有價值的線索，但直接說的話，宋逸來肯定不會信。幫他把那個怨靈搞定，取得信任的同時還能多賺一筆，這一箭雙鵰的買賣，不做就是傻子。

穆方手舞足蹈，縱聲狂笑，似乎看到一張張小朋友向自己招手。

俗話說樂極生悲，興奮過頭的穆方忘了自己在什麼地方。醫院警衛一看穆方那個德行，直接給精神科打了個電話，說他們的病人跑出來了。

這次幸虧穆方反應快，在一群男護士和警衛拿著繩子靠近之前就發現情況不對，迅速翻牆逃跑。

穆方回去照常跟老薛上了一會課，然後開開心心地睡了一覺。待第二天日上三竿爬起來，特地換了身乾淨的衣服，嚼著煎餅意氣風發地出了門。

東元集團的總部是東元大廈，距離東元商場很近，宋逸來留的地址就是那裡。幸好不是約在東元商場，不然穆方肯定得要求換個地方見面。

臨近年關，各企業單位多會發年貨作為福利，東元集團在這方面自然也不會吝嗇，光是總部外面就停了兩輛大貨卡，裝的都是南北雜貨。穆方趕到東元大廈的時候，大群集團員工正在排隊領年貨。

「快點快點，你們幾個手腳俐落點，一共六臺車的物資，盡量趕在上午發完。」一個身材微胖的中年人站在車頂上，拿著大喇叭在那指揮，冬至才剛過沒多久，他竟然熱得把羽絨外套都敞開了。

「還真夠熱鬧的，怎麼過去啊……」

一大群人把正門堵了個嚴嚴實實，穆方伸著脖子東張西望，想著找個什麼地方繞過去。

正在此時，一個驚訝的女聲突然在前方響起。

「穆方？」

穆方轉頭一看，不由得無力地嘆了口氣。還真是陰魂不散啊，怎麼又碰上她了。

方淑芬，穆方的阿姨。

方淑芬是東元商場的櫃姐，也算東元集團的員工，因為離得比較近，所以商場員工的福利也在總部這邊發放。

方淑芬剛領完東西，抱著兩個大箱子費力地從人群中擠出來，走到穆方近前。

「昨天發米，今天又發牛羊肉，聽說明天還有魚……哎呦喂，真是要把人累死。你來得正好，幫我把這些搬回去，我那還有半箱水果，給你裝幾個帶回去吃。」

穆方抬眼看了方淑芬一眼，盡量用溫和的語氣道：「阿姨，我這有點別的事。」

「你能有什麼事啊。」方淑芬瞪了瞪眼睛：「該不會是想趁著人多偷拿東西吧？我先提醒你啊，這裡的東西都是有登記數量的，要是被人抓到，我可不會管你。」

穆方白了方淑芬一眼，沒吭聲。

「我這人就是說話直，你別介意。」方淑芬可能覺得自己這話也不太好，乾笑了兩聲：「對了，你爸媽也不回來過年，今年還是自己過嗎？」

「嗯。」聽到方淑芬說起這件事，穆方心裡泛起些許苦澀。

「穆家也真是的，就你這麼一個獨子也不管管。」方淑芬道：「過年到你外婆家來吧，你大舅我們都在，人多才熱鬧。」

穆方撇撇嘴。就算是說虛偽的場面話，方淑芬都不把事情往自己身上攬。

外婆八十多了，腦子有些糊塗，由大舅一家照顧著，壓根就沒跟方淑芬住在一起。

「不用了，自己過也挺好的。」穆方懶得理會方淑芬。

「也是，一個人自在，過年人來人往的，煩都煩死了。」方淑芬卻不自覺，自顧自嘆道：「你都不知道啊，自從我和你姨丈在一起，這日子就忙得停不下來了。尤其是過年，那些送禮的人都快把我煩死……我領這麼多東西，再加上送給你姨丈的禮盒，家裡都沒地方放了。」

「妳結婚了？」穆方是真的有些驚訝。

方淑芬愛慕虛榮、自視甚高，這個看不上那個不過眼，沒想到拖到三十四、五，竟然還嫁出去了。

「還沒呢，不過也快了。」方淑芬臉色有些不自然。

從年貨到「姨丈」，方淑芬閒扯一堆，就是想看到穆方羨慕吃驚的樣子，以此來體現自己的優越感。可穆方偏偏一副愛理不理的樣子，光在那東張西望，根本都不正眼看自己。好不容易驚訝一下，還偏偏戳中自己最不爽的地方。

方淑芬咳嗽了下，引導性地問道：「你知道你姨丈是誰嗎？」

「誰啊？」穆方只好順著問了句。

「商務局的高階主管！」方淑芬一臉的得意。

可還沒等她就此展開發揮，穆方又順口問了一句。

「年紀多大？」

「五十……」方淑芬鬱悶異常。

「這麼老？」穆方驚訝道：「再婚？有沒有孩子？」

方淑芬臉紅脖子粗，心中暗罵：這小混蛋，哪壺不開提哪壺，你就不能問問職位、賺多少錢什麼的嗎？

「你先幫我把東西搬回去，之後我慢慢跟你說。」方淑芬決定還是先利用一下穆方的勞力。

可等話一開口，她才發現穆方已經走開了。

在她還在生悶氣的時候，穆方發現人群稀疏了些，就連忙擠了過去，打算去找宋逸來。

方淑芬氣壞了，喊道：「攔住那個小子，他不是公司的人！」

現場亂哄哄的，大家都忙著領東西，沒幾個人注意到方淑芬喊什麼，不過站在門口的一個警衛注意到了，連忙把穆方攔住。

「請等一下，你是做什麼的？」跑過來的警衛個子挺高，一伸手就把穆方擋住了。

方淑芬也從外面擠了進來，對穆方訓斥道：「這麼大了怎麼還不懂事？剛才跟你說

的沒聽見嗎？這裡是我們公司的總部，哪裡是你亂闖的地方，快點向人家道歉！」

為了宣洩剛才的鬱悶，方淑芬指著穆方鼻子就罵。

穆方打開方淑芬的手，對高個子警衛道：「我來見宋先生。」

「宋先生，哪個宋先生？」受方淑芬的影響，高個子警衛對穆方也有些不客氣。

「宋逸來，宋先生。」

穆方的回答，讓方淑芬和高個子警衛都笑了。

「你當自己是什麼人啊，宋董是你說見就能見的嗎？」方淑芬樂不可支。

宋逸來是東元集團的董事長，是站在這個城市金字塔上層的大人物，別說穆方這個毛頭小子，就算是公司員工，想見宋逸來都不是容易的事。

方淑芬到東元商場上班四年多了，也沒見過宋逸來幾次。前幾個月宋逸來到商場檢查工作，和方淑芬握了握手，讓她興奮了好一陣子，逢人便炫耀，好像這是多大的榮譽一樣。

「看不出你小小年紀還挺虛榮的，不過下次最好編個可信的理由，要不然家裡都跟著你丟臉。」方淑芬根本就沒把穆方當成親外甥，極盡嘲諷之能事。

警衛揮著手道：「好了好了，沒事就去別的地方玩，別來這搗亂。」

這個時候，周圍的人也注意到了正門前發生的狀況，紛紛側目。有聽見說話內容的，更是對穆方指指點點。

「不讓我進去是嗎？」穆方拿出了手機。

看到穆方的古董翻蓋機，方淑芬又是一陣嘲弄之色。

按照名片上留的號碼，穆方撥通了宋逸來的電話。「宋先生嗎，我是穆方。」

見穆方真的打起了電話，四周人臉色都是一陣古怪，方淑芬更是笑出聲來。

「小朋友，我沒時間跟你在這胡鬧，再不走我不客氣了。」高個子警衛的臉色也有些不善，回頭一招手，從大廳裡面又出來幾個警衛。

方淑芬抱著手臂冷笑不語。

這個臭小子向來就不尊重自己，今天又這麼不識好歹，就讓他受點教訓好了。心裡這樣想著，方淑芬不動聲色地往人群裡退了退。她怕穆方真和警衛起衝突，被打急了跟自己求救。

穆方沒說幾句就把電話掛了，手插口袋站在那等著。

幾個警衛互相看了看，都有些惱怒，但也為難。這大過年的，又這麼多人，總不能真對一個孩子動手。

「你走不走，別以為我不敢揍你！」高個子警衛作勢要抽警棍。

一個站在旁邊的中年婦女小聲跟穆方道：「小弟弟，你趕緊走吧，不然等會他們真打你了。」

一個男人也湊了過來，低聲勸道：「大過年的，不用跟那些警衛賭氣……」

雖然在場人都覺得穆方有些不正常，但還是有熱心人上前勸說，不想看到暴力事件發生。

「真是吃飽太閒，管他幹什麼。」躲在人群裡面的方淑芬哼了一聲，一臉不屑的樣子。

穆方沒理會方淑芬，笑呵呵地跟那些熱心人點頭致謝，並表示自己沒事。

此時，一個身材修長的女人從大廈裡面跑了出來。

女人三十歲出頭，留著短髮，靚麗非凡。因為大廈裡開著空調，女人穿得很單薄，似乎是趕著出來，連外套都沒穿。

「白助理?!」警衛們嚇了一大跳，其他人也吃了一驚。

白燕，東元集團的董事長助理。

除了跟著宋逸來，白燕很少單獨在公開場合露面，可今天是怎麼回事，竟然這麼匆忙地跑了出來？

方淑芬一見是白燕，極其敏捷地擠出人群，毫不猶豫地把自己外套脫了下來。

「白姐，這大冷天您怎麼也不穿件衣服，別凍壞了身子。」方淑芬比白燕要大三、四歲，但叫起姐姐來倒十分順口。

平時想拉關係有心無力，現在有這麼好的機會怎能放過。

「謝謝，我不冷。」白燕擋開方淑芬的手，有些焦急地四下張望：「哪位是穆方？穆方先生在不在這裡？」

白燕平時待人很客氣，但今天她實在是心裡著急。

「穆方？」方淑芬一下愣住了，該不會說那個混小子吧？

「妳好，我就是穆方。」穆方在人群後面擺了擺手。

「你……」白燕似乎有些驚訝穆方的年紀，上下打量兩眼，但也顧不得許多，小跑過來握住穆方的手：「抱歉讓您久等了，老闆讓我接您上去。」

這一下，在場人全都傻了眼。

尤其是方淑芬和高個子警衛，表情相當地精彩。

這小子究竟是什麼人？竟然勞動白助理親自下來接，還這麼匆忙緊張。

大家都在暗自猜測穆方的身分，雖然想的肯定有所差異，但也基本有一個共識。

這個少年來頭很大。

「穆先生，請跟我來。」白燕客氣地做了個請的手勢，並示意警衛開門。

高個子警衛反應還算快，連忙跑過去拉開門，但又不敢抬頭，下巴幾乎都貼到了胸口上。

哎，剛才我怎麼就那麼笨呢，其他人都沒動作，就我犯賤地上去攔人家，這下可要倒楣了。

「喂。」

隨著這一聲呼喚，高個子警衛抬頭，見穆方的臉正對著自己，差點沒哭出來。

完了完了，報復這麼快就來了，以後別想在這上班了。

高個子警衛心灰意冷，索性自暴自棄了，抬起頭道：「幹嘛？」

「你挺負責的，是個好警衛。」穆方拍了拍高個子警衛的肩膀。

高個子警衛哭笑不得，但心中也有幾分感動。

剛才的事那麼多人看見了，隨便哪個跟上面打小報告，他都吃不了兜著走。但有穆方這一句話，他不光飯碗保住，也不用擔心別的麻煩。

白燕怪怪地看了看穆方和那個警衛，若有所思，也沒多說什麼，引領穆方走進大樓。

高個子警衛感動地看著穆方的背影，下意識地挺直了身子。可等目光往旁邊一掃，臉色立刻又拉了下來。

他看到了方淑芬。

方淑芬還拎著自己的羽絨外套在那發呆，腦子一直沒轉過來。

在場沒有人比她更清楚穆方的底細了，他爸媽以前就是普通上班族，股市被套牢後更是一窮二白，都在國外當勞工，怎麼穆方就和宋逸來搭上線了呢？這不合理啊。

「領完東西還不快走，留在這裡做什麼?別妨礙其他人做事。」

高個子警衛根本就不認識方淑芬，只是因為同是東元集團的員工，再加上穆方確實有些古怪，才下意識地站到了她那邊，現在大難不死，能對她有好臉色才怪。

方淑芬被罵了好幾句才回過神來，下意識地叫道：「那小子是個騙子，別上當。」

「滾！」高個子警衛氣壞了，要不是看方淑芬是個女人，早就對她動手。他向還留在門前的人大聲問道：「這瘋婆子是哪個部門的？」

其他人也是忍俊不禁，看方淑芬的目光充滿了鄙夷。

方淑芬運氣好，她所在部門的人早就領完東西走了，現在沒什麼人認識她，要不然高個子警衛這麼一喊，之後眾人又有熱鬧可看了。

「啊嚏！」冷風一吹，方淑芬打了個噴嚏，這才想起把外套再穿上。

高個子警衛更加懷疑了，這女人該不會有什麼問題吧。

「妳到底哪個部門的？」高個子警衛走向方淑芬。

方淑芬一看形勢不妙，也不嫌累了，搬起自己那兩箱東西狼狽而去，一下子跑得不見人影。

「真是神經病，別讓我再看到妳。」高個子警衛呸了一聲，返回自己的崗位。

「穆方，十八歲，黑水八中高三學生。父親穆遠平，母親方淑珍，均為我市棉紡四廠員工。十年前夫妻倆一同炒股，四年前股市大跌，變賣資產出國做工還債……」

在東元集團的董事長辦公室，穆方坐在沙發上，漠然地看著宋逸來在那念資料。

穆方知道宋逸來有這個能力，也有心理準備，但這種赤裸裸被人扒光的滋味還是讓人有些不舒服。

「您的資料有遺漏。」穆方接過白燕遞過來的茶水，拿杯蓋撥了撥茶。

「什麼遺漏？」宋逸來把手裡的資料放下，饒有興致地看向穆方。

「高中兩年半，大小處分共二十七次，口頭批評無數。」穆方指了指自己的鼻子：「還有，被警察問話六次。」

宋逸來笑了：「我只曉得你是個叫人不放心的學生，卻不知道這麼多細節。」

「您今天和我見面，就是為了查戶口？」穆方喝了口水。

「請原諒，我是個無神論者，向來不信靈魂之說。」宋逸來拿起一支鋼筆轉動著，眉頭微微蹙起：「你突然跟我說那些，讓我不得不懷疑。」

「我也是無神論者。」穆方道：「但我的理解和你們不同。」

俗人

宋逸來眼皮一抬。「願聞其詳。」

穆方淡淡一笑，開口道：「天道命數，自古有之，仙魔鬼怪，亦非虛談，只是世人愚昧，曲解定義，方才造成虛假之像。神怪確有超凡之力，但不會介入世俗凡間，魂靈有輪迴之苦，皆源自身種之因果。」

宋逸來沉吟片刻，道：「你的意思是說，即便有那些存在，也會生活在他們自己的世界，遵循他們的自己的規律，完全與人類世間無關。人走怎樣的路，有怎樣的未來，全憑自己？」

穆方又是一笑：「人在做，天在看，因果報應皆有定數。緣起緣滅，眾生難逃天道之眼……」

穆方裝神弄鬼地在那唬爛，但心裡卻暗自嘀咕。這些話都是照搬我那老鬼師父的，具體啥意思你怎麼理解都可以，反正別讓我解釋就行。

「大師果然不俗……」宋逸來一聲嘆息，抬頭看了眼站在一邊的白燕。

白燕點點頭：「老闆，您就跟這位大師說吧。」

穆方連忙道：「我可不是什麼大師，叫我穆方就行了。」

「總之我知道您是個高人。」在白燕看來，穆方就是那種隱藏於市井的神仙中人。

這樣的人，年紀根本就不是問題。

宋逸來昨天叫白燕幫忙查穆方的事，順便就把事情說了，白燕當時就覺得心裡發毛。

她是女人，考慮問題的方式和男人不同，要不是宋逸來攔著，昨晚就直接把穆方找來了。所以剛才宋逸來一接到電話，白燕才連外套都顧不得穿，急急忙忙地下樓接人。

見宋逸來還在遲疑，白燕跺腳道：「您倒是說啊。您不說的話，我說！」

宋逸來嘆了口氣，將目光轉向穆方。

「劉豔紅，是我大學時的女友……」

05

豔紅姐姐

宋逸來其實並不喜歡經商，而是喜歡研究哲學。上大學時，宋東元本想讓他學經濟，將來好接自己的班，可宋逸來偏偏報了國內一所大學的哲學系，差點沒把宋東元給氣死。

而且宋逸來學起來還沒完沒了，直到三十歲，還在學校裡認認真真地讀博士。在學校的時候，宋逸來交了個女朋友，小他四歲的劉豔紅。

學校沒人知道宋逸來老爸是某市的頭號富豪，都把他當成了鑽研學術的書呆子，劉豔紅家是其他城市來的，在學校被宋逸來的才氣吸引，但等到畢業，她就不再喜歡「才氣」，而是喜歡「財氣」了。

劉豔紅畢業後，大學時積累的感情也在吵吵鬧鬧之中消磨殆盡，一年之後最終分手。

宋逸來剛剛度過情傷沒兩年，一件更讓他始料未及的事情發生了。年近六十的宋東元突然患了腦癌，一病不起，為了老爸，宋逸來只得丟下自己的課業，回了黑水市。

宋逸來在商業方面也展現了卓越的天賦，面對父親病重、公司元老蠢蠢欲動的雙重壓力，竟然力挽狂瀾，成功掌控住了東元集團。

宋逸來能控制住局面，固然是自身能力過人，但和白燕的幫助也分不開。

當時宋逸來三十一歲，白燕比他小九歲，是學經濟的，人長得漂亮，能力更是一等一地優秀，很多讓宋逸來撓頭的問題，都是在白燕的幫助下解決。不過兩個人都有顧慮，所以在感情方面一直分得很清楚。

而就在這個時候，劉豔紅再度出現。

劉豔紅一直忙著相親，但高不成低不就，一個都沒相成。在這個過程中，她意外得知了宋逸來的事，才發現鬧了半天，真正的富豪就在身邊，還被不知情的自己給甩了。

劉豔紅捶胸頓足，直接殺到黑水市要找宋逸來再續前緣。

那時宋逸來正因為父親患病和公司的事忙得團團轉，根本沒空管劉豔紅，偏偏劉豔紅糾纏不休，還擅自把白燕當成狐狸精。宋逸來解釋不清楚，就乾脆躲著不見，到最後，劉豔紅終於拿出了殺手鐧——跳樓，以死殉情！

其實劉豔紅只是想嚇唬宋逸來一下，怕在市區鬧會太丟人，特意挑了個人少的建築工地跳樓。

等宋逸來一到現場，劉豔紅大吼一聲：「沒有人比我更愛你，我用死證明給你看！」然後往窗戶邊威脅性地一探頭。結果窗戶掉了，劉豔紅立足不穩，一頭栽下……

聽著宋逸來的敘述，穆方一個勁地搖頭。

不管是不是真愛，怎麼也不該拿生命做賭注。要是不愛的話，死了白死，人家不在乎；真愛的話，死了更是不值，怎麼看都是賠本的買賣。

就像這個劉豔紅，證明來證明去，最終只證明了那棟樓是個豆腐渣工程。

「豔紅死的時候，我父親也正病重。」宋逸來嘆道：「我除了把她的遺體送回故鄉安葬外，也沒替她做什麼，如果真有靈魂的話，她對我有怨氣也是正常。」

穆方搖頭道：「宋先生，劉豔紅纏著你，根本不是為了這個，為什麼您應該比我清楚。」

「那又能怎樣？就像你說的，因果報應，皆有定數。」宋逸來幽幽嘆道：「這是我的因果，我的定數啊。」

白燕皺眉：「老闆，您怎麼能這麼想？種因果的不是您，而是劉豔紅。」

相對於宋逸來的淡定，白燕更為心急。當年莫名其妙被當成情敵就很鬱悶了，現在一聽，那個女人竟然還一直跟在宋逸來身邊，如果這事解決不了，她已經考慮要不要辭職跑路了。

「白小姐說的很對，這個因果在劉豔紅，而不是您。」穆方看了看宋逸來：「我現在只想知道，您說的那些是否和事實有所出入？」

宋逸來有些不高興：「您認為我撒謊？」

「我不像您那麼多疑，但也需要仔細確認。」穆方不卑不亢地反將了宋逸來一軍。被查了戶口讓穆方多少有些不爽，不酸一下宋逸來，小心眼的穆方心情不暢快。

「你這是故意報復我啊。」宋逸來也明白穆方的意思，不禁笑了。

「您這話可就不對了。」穆方正色道：「要解決這件事，我需要和劉豔紅交流，如果你說的和事實不符，會讓我很難辦。」

「我對我說過的每一個字都可以負責。」說到正題，宋逸來也嚴肅了很多。

白燕連忙道：「我也可以證明。」

穆方看了看二人，點頭道：「好，我相信你們。接下來我要做的事，希望你們保密。」

宋逸來點了點頭，沒什麼特別反應，但白燕卻緊張起來，先拉上窗簾，點開燈，又去檢查了門鎖。

「大師，您需要準備什麼香燭黃紙，儘管跟我說。」白燕是徹底進入了狀態。

穆方不禁笑道：「我用不到那些。」

說著，穆方站起身，兩手抬至胸前，連結印記。

穆方結印的動作很慢，幅度卻很大，手臂大開大合。

穆方動作本可以更快，也可以偷偷開啟靈目，他故意這副神棍的做派，是為了讓宋逸來和白燕更加相信自己。

至於他們會不會把這事說出去，穆方根本都不在意。

先不說以這二人的身分地位，不大可能去亂說，就算他們真說出去，穆方也沒什麼好怕的。

自己只是個高中生，說出去也沒什麼人信，要是有人信了更好。能讓宋逸來傳八卦的人，身分必定也是非富即貴，就當作替自己開拓客源了。

隨著結印進入尾聲，封閉的辦公室中竟然颳起一股若有似無的風。而穆方的右眼，也開始變得暗紅起來……

「靈目，開！」

隨著穆方一聲斷喝，冥冥之中似乎響起一陣鐘呂之聲。

一點紅芒綻放，穆方的右眼眼瞳被一片血色所取代。

這一手，算是把宋逸來和白燕唬住了。

「啊！」

白燕雖然有心理準備，但仍被突然的變故嚇得一聲驚叫，跌坐在沙發上。

宋逸來看似鎮定，但手也不禁抖了下，艱難地咽了口唾沫，不敢去看穆方的眼睛。

穆方暗自撇了撇嘴。現在就能把你們嚇成這樣，要是直接看到劉豔紅，保證你們哭著喊媽媽。

在宋逸來的脖子上，劉豔紅再度顯現真身。

靈目一開，溝通陰陽，劉豔紅也看到了穆方。

「又是你。」劉豔紅從宋逸來脖子上飄了下來。

宋逸來看不見靈體，但感到脖子上一輕，有些驚喜地叫道：「我脖子好像不疼了，大師好手段！」

穆方幽怨地看了宋逸來一眼。

廢話，你當然不疼了，你前女友現在跑我跟前來了。

劉豔紅死的時候應該是夏天，穿著一身紅色長裙，露著慘白的臂膀，一對透著血色的眼睛瞪著穆方。

媽的，真是標準的女鬼打扮。

穆方暗自咽了口唾沫。

「劉大姐，妳好啊。」穆方乾笑著打了個招呼。

穆方這麼一打招呼，宋逸來不敢再說話了。白燕更是一臉緊張，兩人緊緊地握著手，看著穆方。

劉豔紅站到穆方身前，上下打量了兩眼，陰聲道：「你這小鬼有古怪，上次說不見就不見了……說，為什麼追著我亂喊亂叫?!你想做什麼?!」

劉豔紅突然拔高聲調，讓穆方又是一激靈，心中暗罵。

脾氣可真夠大的，難怪宋逸來不要妳，怨靈就這個德行，等變惡靈鐵定直接跑來咬我。

「嗯，是這樣的，劉大姐。」穆方努力牽動面部肌肉，想讓自己看起來更和藹一點。

「你叫誰大姐，我很老嗎！」劉豔紅粗暴地打斷了穆方。

穆方眼角一抽，點頭哈腰道：「是我的錯，我這人不大會說話。嗯……劉女士，劉小姐，劉媽……」

穆方小心地看著劉豔紅的表情，不停地調整叫法，直叫到一個讓他感覺牙都快被酸掉的稱呼後，劉豔紅的表情才緩和了一些。

「那個，豔紅姐姐啊……」穆方自己惡寒，旁邊的宋逸來和白燕更是打了個冷顫。

白燕悄悄拉了拉宋逸來的手，小聲道：「他真的能看見嗎？」

「我哪知道，妳不是比我更相信他嗎？」宋逸來也小聲回道。

穆方沒好氣地瞪了這二人一眼，繼續客氣地對劉豔紅道：「您都往生這麼多年了，怎麼還不去投胎啊？」

劉豔紅眼睛一瞪：「關你什麼事！」

「呃，這個……」

穆方本來想跟劉豔紅好好談談，然後再慢慢引出宋逸來的話題，盡量和平地把事情解決掉，可一看劉豔紅這潑婦架勢，立刻打消了這個念頭。

「唉，我這不是為您可惜嗎。」穆方一拍大腿，痛心疾首道：「您看您這條件，要臉蛋有臉蛋，要身段有身段，要是早點投胎轉世，包准到大富人家，而且保證前途是一片光明啊！

「出生拍奶粉廣告，三歲跑紙尿褲通告，六歲上綜藝節目，九歲就是家喻戶曉的童星！十一歲殺入好萊塢，十四歲片酬過億，十八歲被富豪包養，呃，不對，是十八歲就能包養富豪。總之啊，您就是演藝圈的未來女皇，全世界崇拜的偶像！」

穆方在那口沫橫飛地瞎扯，宋逸來和白燕都聽傻了。

宋逸來摸了摸下巴：「就算他不做這個，也可以考慮吸收到公關部，很有培養潛力。」

白燕深以為然地點了點頭：「我也是這麼覺得。」

穆方說得口乾舌燥，端起桌子上的茶水喝了一口，對劉豔紅道：「豔紅姐姐，您看我說的是不是很有道理？」

劉豔紅像是被唬得一愣一愣地道：「啊，是啊。」

穆方連忙趁熱打鐵道：「既然您也同意，就快投胎去吧，美好的未來在等著您呢。」

「啊，好啊。」劉豔紅又應了一聲。

沒問題了！

穆方得意地一拍巴掌，然後就看到劉豔紅的眼睛。

「臭小子，當我是白痴嗎?!」

對著劉豔紅那雙凶厲的眼睛，穆方一陣乾笑：「我哪敢啊，您這麼英明神武……」

「你不用怕，我也不是不通情理。」劉豔紅掃了一眼宋逸來所在的地方，對穆方道：

「你說實話，是不是宋逸來找你來幫忙的？」

「啊？沒有啊。」穆方一個勁搖頭。

「別裝了，我看得出來，你並非靈體。」劉豔紅眼中似有傷感，嘆道：「這九年來，我無時無刻不在他身邊，他早就有所察覺，尤其是最近，我與他之間的感應越發強烈。他那麼有錢，找人來對付我也不奇怪。」

「妳錯了，宋先生沒想過要對付妳。」見劉豔紅這般樣子，穆方感覺有突破口，連忙起身道：「宋先生對妳一直存愧疚之心，這次我來見妳，也並非受他所託。」

劉豔紅看向穆方，眼中似乎帶著疑問。

「是我看到妳，主動去找宋先生……不過這個並不重要。」穆方勸道：「雖然我年紀小，但也知道感情的事無法強求，更何況現在妳和宋先生陰陽兩隔，又何必執著不放呢？

「妳看不到他，他也感覺不到妳，不如早早投胎，再入輪迴，即便不能像我剛才說的那樣風光，也可再活一世，怎樣都好過現在這樣，孤苦伶仃地在人世飄忽遊蕩。」

穆方苦口婆心的一番話，宋逸來和白燕聽了不禁動容，劉豔紅也似乎有所感觸，頭深深地垂了下去。

「豔紅姐姐，我的話可能有些過分，妳別放在心上。」穆方以為劉豔紅被說中傷心處，連忙出言安撫，想著趁熱打鐵，勸她早入輪迴。

「不，你說得很好，我都聽懂了。」劉豔紅猛一抬頭，臉上哪有半點悲切之色，反倒多是陰冷凶厲。

穆方立時察覺不妥，向後退了半步：「豔紅姐姐，您懂什麼了？」

劉豔紅粲然一笑，露出一口白晃晃的牙齒。「我終於懂了，原來逸來還是愛我的。但是，你想拆散我們……」

「啊？不是，妳誤會了。」穆方連忙解釋。

但劉豔紅哪裡會聽穆方的辯駁，話還沒說成句，劉豔紅便嗷的一聲撲了上來，一把掐住穆方的脖子。

「你敢拆散我們，我殺了你，殺了你！」劉豔紅瞪著血紅的眼睛，死掐著穆方的脖子不放。

「豔紅姐姐，別衝動啊，妳鬆……鬆手……」

穆方奮力掙扎，但劉豔紅的手跟老虎鉗似的，哪裡掙脫得開，急得穆方在心中大罵老薛不可靠，誰說只有惡靈才能傷人，他現在馬上就要被怨靈掐死了！

宋逸來和白燕看到穆方突然躺到沙發上，翻著白眼在那踢腿，雖然看不到劉豔紅，但也知道出了事。

「怎麼辦？要幫忙嗎？」白燕一臉緊張：「要不然我去找幾個人來？」

穆方聽見大為欣慰，用力地點頭。

凡人不能除靈，但要是屋裡多幾個陽氣足的年輕男性，鬧上一鬧，喊上一喊，也可對另一空間的靈造成隱性干擾，自己也就容易脫身了。

但宋逸來沉思片刻，卻搖頭道：「我看不妥。除靈不是普通人能做的，也許這是大師的某種儀式，我們還是不要干預的好。」

「噢。」白燕恍然大悟。

我操！

穆方還沒等大罵宋逸來，劉豔紅往前一提，掐著脖子把穆方拎了起來。

在宋逸來和白燕眼中，穆方虛浮到了空中。

「你看你看，大師飛起來了！」白燕一臉的驚奇。

穆方差點把鼻子氣歪，心裡把這兩人八輩祖宗都罵遍了。

儀式你媽，飛你媽，我這是快被掐死了好不好！看來外人靠不上，只能靠自己了。

穆方沒有跟靈打架的經驗，但和人打的架倒是不少。被人掐住脖子按倒之後，如果力氣不如對方，要麼就互掐看誰能掐死誰，要麼就等想辦法讓對方吃痛鬆手。

穆方不打算比賽看誰掐死誰，而是扳住劉豔紅的手，提膝對著她的肚子和肋骨一通狂頂。

連續幾記膝撞之後，劉豔紅似乎沒感覺到疼痛，但猛烈的撞擊也讓她的身子歪了歪。

看準機會，穆方蓄足力氣，狠狠揮起一拳送到了劉豔紅的鼻子上。

劉豔紅腦袋向後一震，手也送了開了少許。

穆方雙腿彎曲，猛地用力向上一彈，把劉豔紅踹進了天花板。

「我操，真他媽要命……」穆方坐起來後大口大口地喘著氣。

但沒喘兩口，劉豔紅又從天花板裡飄了出來，伸著手臂再次向穆方撲來。

「救命啊，豔紅姐姐殺人了！」穆方毫不猶豫，爬起來就跑。

宋逸來的辦公室也算大，穆方跑起來倒是沒什麼阻礙，他在前面跑，劉豔紅在後面追，一人一靈就這麼轉起圈來了。

宋逸來和白燕在旁邊看著。

白燕狐疑道：「這也是儀式？」

「我看挺像的。」宋逸來點頭道：「我在學校看過一些類似書籍，非洲土著祭神都會跳著跑。」

「你才是非洲土著，你全家都是非洲土著！」穆方現在能開口了，扯著嗓子就是一通罵：「老子被你前任馬子追殺，跟非洲土著有屁關係……我操，她還抓我！」

滋啦一聲，宋逸來和白燕親眼看見穆方衣服後面憑空破了幾道口子，就好像被什麼人劃了開了一樣。

兩人頓時都毛了。

白燕捂住眼睛都不敢再看，宋逸來也驚恐叫道：「大師，您沒事吧？」

「你看我像沒事的樣子嗎……」穆方跑得氣喘吁吁。

白燕急道：「您不是會法術嗎，剛才不是還念了咒？」

「對啊！」穆方緩過神，狠狠地給了自己一巴掌。

他不會什麼法術，但是有靈目。把靈目閉了，劉豔紅不就看不到自己了嗎？

「靈目，封！」穆方掐動法訣，猛地閉了靈目。

靈目一閉，陰陽兩隔，劉豔紅的身影也消失不見。

穆方直接一屁股坐到了地上，大口大口喘著氣。

宋逸來摸了摸脖子，狐疑道：「大師，我脖子好像又開始疼了。」

「廢話，你不疼我就死了。」穆方沒好氣地哼了一聲，乾脆直接躺倒在地上。

白燕和宋逸來互相看了看。

「大師……」白燕走過來小心地問道：「解決了嗎？」

「那麼凶殘的傢伙，哪這麼容易解決。」穆方扯了扯衣服，又指了指自己青紫的脖子：「妳看，這像解決的樣子嗎？」

「那怎麼辦？」宋逸來也有點發毛。

經這麼一鬧，宋逸來現在是徹底信任穆方了。

就算跳大神是假的，懸空飛起、衣服憑空裂開總不會是假的。這是他的辦公室，就算穆方想設什麼機關也不可能。

「你前女友太潑辣，和平談判解決是不可能了。」穆方站起身，氣哼哼道：「你等會，我回去拿點傢伙。」

自己丟的場子必須自己找回來，穆方沒打算找老薛幫忙。不過，得回去找老薛要點東西。

老薛不知道當了多少年的三界郵差，就算一直貫徹和平主義，肯定也有點防身用的道具法器。

穆方下定決心，說什麼都要從老薛那兒討些東西來，今天才只是個怨靈，萬一哪天真碰上惡靈怎麼辦？

「我讓人開車送您吧。」宋逸來上下看了看穆方：「還有您這衣服……」

白燕接口道：「交給我吧。」

十幾分鐘之後，換上一身新衣服的穆方坐上白燕的BMW X5，直奔家裡而去。

穆方住在城西，黑水市早已荒廢多年的老工業區，除了有幾家還沒有停工的工廠，基本沒什麼住戶。之前宋逸來讓白燕查穆方的來歷時，兩人一度以為拿到的資料有假，因為很難相信還有人住這種地方。

「穆大師，您可真是清苦。」汽車又被石頭顛了一下，白燕忍不住與穆方感慨了一句。

穆方嘿嘿一笑，扯了扯自己的衣服：「馬上就不清苦了，妳不是剛送了我新衣服嗎？」

「那是賠償您，應該的。」白燕看了穆方一眼，心中五味雜陳。家裡諸多困難，卻如此樂觀豁達，高人果然不能以年齡論之，光這心境就不是自己能比的。

但白燕要是聽到穆方的內心話，恐怕就沒這種敬佩之情了。

穆方看著自己嶄新的衣服，內心大笑三聲。

等把豔紅姐姐搞定，光是一、兩件衣服可不能打發我。清苦？這個詞馬上就要和我無緣了，哇哈哈哈哈，我馬上就是有錢人啦！

到了住所附近，穆方讓白燕停下，自己下車道：「在這等我一會，裡面路窄，車子進不去。」

望著穆方飛奔而去的背影，白燕又是一陣感慨。

為了對付劉豔紅，穆大師可真是上心，回去得和老闆說說，好好謝謝穆大師才是。

「師父，師父，在不在啊，師父？」

老薛的腳踏車在院子裡停著，穆方看到後就跑過去砸門，但敲了半天沒人應答。

「該不是還沒睡醒吧，這都幾點了……」穆方咕噥著，撿根鐵絲把門栓撥開，進了屋。

房間不大，穆方轉了一圈也沒見老薛的影子，心中暗自奇怪。

門反鎖著，這老頭子去哪了，難不成跑靈界找人喝酒去了？嗯，八成是這樣，現在有自己接班，老頭子算是退休了，閒得慌。

可是他不在，我上哪找傢伙啊。穆方犯了愁，視線在屋裡掃了一遍。

看來看去，他把目光落到一口鍋上面。

鐵鍋的樣子有些老舊，直徑大概有三十多公分，像是生鐵做的，烏漆抹黑，有一個手柄。

乍一看似乎沒什麼特別的，但穆方卻在看到鐵鍋的同時，感到右眼傳來一陣炙熱。

有古怪！

穆方心頭一動，結印念咒，開了靈目。

靈目一開，穆方眼前頓時出現兩個重合的世界。

除了光線之外，房間裡幾乎沒有什麼變化，唯一不同的，只有那口鐵鍋。

黏稠的黑紫霧氣浮動在鍋身三尺之內，只是看上一眼，穆方都能感到一股龐大的靈力。

只要是靈界之物，都有靈力波動，眼前這口鐵鍋帶有的靈力，竟然已經強烈到具象化了。

莫不是老薛得來的報酬?!

穆方心虛地四下張望了下，躡手躡腳走過去，輕輕地握到手柄上。

「嘶……」

穆方倒吸了一口冷氣，手猛地一縮。

在摸到手柄的一瞬間，穆方差點以為自己抓到燒紅的烙鐵。

奇怪，是錯覺嗎？

穆方再一次把湊了過去。先是小心地摸了一下，確定沒事才握了上去。

呼——

一陣詭異冷風吹過，鍋身周圍的氣霧好像找到什麼入口一樣，呼呼地湧進穆方身體。

穆方非但沒有任何不適感，反而覺得很舒服，而那口鐵鍋也恢復正常，周圍再無氣霧環繞。

「這東西有點意思。」穆方提起鍋子來掂了掂。

可以它肯定不是普通的鐵鍋，但被老薛隨意地丟在桌子上，想來也不是什麼珍貴的玩意，估計就是平時做飯用的。只是不知道能不能用來除靈？

穆方把鐵鍋丟在一邊，又找了幾圈，沒再發現什麼特別的東西，只好又拿起那口鐵鍋。

拿起鐵鍋揮了揮，除了靈活性差點，感覺還算順手。

算了，鐵鍋就鐵鍋吧，至少也是個靈物，總比什麼傢伙都沒有強。今天靈目還能開啟一次，要是還對付不了劉豔紅，只能等師父回來再想辦法了。

穆方把門關上，拎著鐵鍋出了門。

「這是什麼？」見穆方拎了一口鐵鍋回來，白燕滿頭霧水。

「法器！」穆方一拍腦袋：「差點忘了找東西遮一遮，有什麼東西能幫我包一下嗎？」

拎口鐵鍋招搖過市總是不太好看，要是不看到白燕怪異的眼神，穆方差點忘了這個問題。

「這裡有個袋子，不知道夠不夠大？」白燕遞過一個大布袋，看穆方費勁地把鐵鍋裝進去，一臉的狐疑之色。

雖然之前沒接觸過天師道士之類的人物，但也沒聽說哪家是用鐵鍋來做法器的。高人行事果然詭異，常人揣摩不得。

白燕載著穆方離開沒多久，老薛的房間中突然出現一個螺旋狀的黑色光團。光團漸漸擴大，形成一個兩公尺多高的黑洞。

一隻腳從黑洞之中邁出，踩上了房間地面，來人正是老薛，肩膀上停著一隻黑色的烏鴉。

黑洞緩緩消失，老薛伸了個懶腰，臉上略有疲憊之色，咕噥道：「那些傢伙真是夠煩，一會看不見就上躥下跳地找我。」

「靈界諸多事務，您也不可能放手不管，而且他們也怕您再搞出什麼事。」應聲答話的，竟然是老薛肩頭的那隻烏鴉。

老薛哼道：「等姓穆的臭小子能夠獨當一面，我天天陪那幾個老東西下棋，看他們還有何話說！」

「您那麼看好穆方？」烏鴉露出一個很人性化的眼神，搖頭道：「我覺得他還不如前幾個。在那些人選裡，他是最沒規矩的一個。」

「也是最值得期待的一個。」老薛坐到椅子上，敲了敲桌子：「看著吧，這小子會讓所有人都大吃一驚的……」

當老薛的目光轉到一個位置後頓住了，疑惑道：「文忠，那口鐵鍋呢？」

「什麼鐵鍋？」烏鴉似有不解。

「第九地獄丟的那一口。」老薛提示道：「找回來後我就扔在這了，一直沒空送過去。」

「哦，想起來了。我就放在桌子上了啊。」烏鴉四下看看，道：「凡間宵小之徒甚多，難道是被哪個沒長眼的給偷走了？」

「怎麼可能，偷什麼也不至於偷鐵鍋啊。」老薛沒好氣道：「更何況那是靈界之物，凡人又怎能隨意……」

老薛突然一愣，閉上雙目掐動手指，而後睜眼苦笑道：「我知道是誰拿走了。」

「是穆方？」烏鴉怒道：「我就說這小子不規矩，靈界之物豈能讓他把玩，我去追回。」

「不用了。」老薛無奈道：「那鐵鍋已然認主，否則他也拿不走。」

烏鴉大驚：「怎麼可能?!」

老薛颯然輕笑：「呵呵，非人非靈非神，又有何不可能？」

「不行，我還是去看看為好，可不能任由那小子胡來。」烏鴉翅膀一抖，飛出窗外。

06

請你尊重我

「來，我們繼續！」

一進董事長辦公室，穆方就把鍋從布袋裡抽出來，虎視眈眈地盯著宋逸來。

宋逸來不由得咽了口唾沫，看向白燕徵詢她的意見。

「那個，那個是穆大師的法器。」白燕也不知道說什麼好，只能照著穆方的說法回答。

「法器？」

看了看那口鐵鍋，宋逸來也不知道說什麼好。哪怕穆方扛一口關公大刀來他都能理解，可一口鐵鍋……

「把這地方清理清理，弄寬敞一點。」穆方指揮著。宋逸來和白燕幫忙，把茶几盆栽之類的雜物挪到一邊。

之後穆方又把外套脫了，緊了緊鞋帶，拎著鐵鍋對宋逸來道：「準備好了嗎？」

「準備……準備好了……」宋逸來下意識地縮了縮脖子，生怕穆方拿鐵鍋砸自己。

穆方又開始結印。

「靈目，開！」

涼風陣陣，劉豔紅再度顯露身形。

這次劉豔紅也算有經驗了，連開場白都沒有，嗷了一聲就朝穆方撲了過來。

「看法器！」

穆方一聲大喝，掄起鐵鍋，劈頭蓋臉就砸了過去。

眼看一個大黑鍋砸過來，劉豔紅暗自好笑，完全無視鐵鍋，徑直抓向穆方。

這類陽間之物連碰觸她都不可能，又怎麼用來當武器？

但很快，劉豔紅就察覺到一絲不妥。

隨著距離靠近，那看似普通的鐵鍋，好像孕育了無盡火海，一股炙熱的氣浪，隱隱將她吸住。

劉豔紅大驚失色，就想轉身避開。

可那股詭異的吸力十分強大，讓她根本難動分毫。

「梆！」

連宋逸來和白燕都聽到一聲悶響。

劉豔紅慘呼一聲，倒飛而出。

「帥！」

穆方大喜，提著鍋追了上去。

劉豔紅被一鍋砸得暈頭轉向，額頭腫起了一個不大不小的包。她晃了晃腦袋，剛清醒幾分，就看到一口黑鍋迅速在眼前放大。

「梆！」

又一聲悶響，劉豔紅再度飄出。

「哈哈，讓妳再掐我，掐我，掐我！」

穆方揮舞鐵鍋，一下比一下狠，對劉豔紅窮追猛打。

劉豔紅先前完全是藉助自己是靈體才占了優勢，現在穆方鐵鍋在手，等於把這個優勢抹平，甚至反轉。

劉豔紅一介女流之輩，生前也沒怎麼打過架，哪裡會是穆方的對手，被打得哀聲連連，東躲西藏。

宋逸來和白燕互相緊拉著手，看著穆方玩耍似地在屋裡繞圈狂奔。

這一次，二人沒有絲毫的輕鬆，都是一臉的驚恐。

隨著穆方鐵鍋砸出，在傳出聲響的同時，他們都能隱約看到一個紅衣服的長髮女人虛影閃現。雖然只是一瞬間，但也足夠把二人嚇個半死了。

其實與他們相比，劉豔紅更怕。不管是生前死後，她都沒被人這麼揍過，一頓鐵鍋下來，她再也不見先前的半點凶厲，只一個勁地哭嚎。

「你不是男人，你打女人……」

劉豔紅這麼一哭，穆方真有點愣了。

想想也是，活這麼大，打架的次數不少，但還真沒和女人動過手。

穆方一猶豫，手就頓住了。

劉豔紅偷瞥著穆方，眼珠子骨碌碌亂轉，手緩慢伸向穆方的脖子。

「我操，敢玩陰的！」

穆方反應還算快，緩過神來一鍋敲到劉豔紅的手上。

「你又打女人！」劉豔紅大喊。

「打妳又怎麼了，男人就活該被妳掐死啊！妳這潑婦就是欠揍！」穆方再無猶豫，提鍋就砸。

劉豔紅東跑西躲，可她不能遠離宋逸來。宋逸來的辦公桌在房間正中，她再怎麼跑也跑不出這個屋子。

轉了幾圈，劉豔紅終於聰明了一回，嗖地一下鑽到了地板下面。

劉豔紅的執念之地就是宋逸來，不管怎樣移動都會在宋逸來的兩公尺範圍之內。但以宋逸來為圓心，可不限於一個橫切面，上下左右都能去，牆壁地板之類，對靈體的劉豔紅也構不成阻礙。

「你打我，有本事打我啊，哈哈哈！」劉豔紅披頭散髮，時不時就從地板裡冒個頭，向穆方大聲挑釁。

「妳他媽的！」穆方大怒，把鐵鍋丟了過去。

劉豔紅哎呦一聲又縮了回去。

穆方連忙跑過去把鐵鍋撿起，開始跟劉豔紅玩敲地鼠的遊戲。

劉豔紅有了掩護，穆方明顯不占便宜，把自己累個半死不說，還被劉豔紅偷襲成功幾次，來個鬼絆腳，讓他摔了好幾個跟頭。

穆方乾脆蹲到椅子上，四下打量。

「大師，您搞定了沒啊？」見穆方這樣子，宋逸來心裡很不安。

「還早，這賤人太狡猾了。」穆方啐了口唾沫，突然靈機一動，對宋逸來道：「宋先生，你這有寬敞點的健身中心嗎？天花板比較高的那種。」

「有啊。」宋逸來道：「就在樓上，兩層樓都是通的，平時我常去打網球。」

穆方拎著鐵鍋從椅子上跳下來。「太好了，趕緊帶我過去！」

幾分鐘之後……

「大師，我這個高度可以嗎？」宋逸來被安全帶吊著，從健身中心正中央緩緩升起，白燕在旁邊操縱著開關。

這是工人擦棚頂用的，現在輪到宋逸來用了。

「可以，當然可以，簡直太完美了。」看著劉豔紅驚恐地從地板下升起來，穆方扛著鍋，一臉得意的笑容。

「看妳這次往哪躲！」他拎鍋走向劉豔紅。

劉豔紅大驚，連忙騰空飛起。

穆方手向下一揮：「放！」

白燕噢了一聲，扳動開關，宋逸來迅速下降。

趁著劉豔紅還沒跑開，穆方跳起來就是一鐵鍋。

本來宋逸來一上一下的還挺害怕，白燕也挺心疼，但再見到劉豔紅的虛影，兩人都毛了，一時也顧不別的，穆方怎麼說他們怎麼做。

幾次過後，宋逸來上上下下感覺都快吐了，但依然強忍著不吭聲。晃暈是小事，被靈纏著才是大事。

一番惡戰下來，又過了大概十分鐘，穆方累得呼呼喘氣，白燕扶著宋逸來趴在地板上吐白沫，滿頭包的劉豔紅也終於屈服了。

「嗚嗚嗚，別打了，別打了。我知道錯了，知道錯了……」

穆方一屁股坐到地上，喘了幾口粗氣，無力地揮著手：「知道錯了就投胎去吧。」

「噢。」劉豔紅擦了擦眼淚，轉身想走。

可走了沒多遠，就又飄了回來。

穆方一瞪眼：「妳怎麼還不走？」

「我想走，可我走不了啊。」劉豔紅一臉委屈。

穆方沒好氣地瞪了劉豔紅一眼，但也沒辦法。

劉豔紅這樣的怨靈，打服她容易，消除她的怨氣卻沒那麼簡單。

這可麻煩了，之前竟然沒想到這點。

剛偷拿了老薛的鍋，臉皮厚如穆方也不好現在就打電話詢問，他想了一會，突然眼睛一亮。

有了，黃泉之門！

醫院裡靈的數目已經積累不少，最遲明後天的零點，黃泉之門就會開啟。

這種自然開啟的黃泉之門主要是將遊魂送入陰間，幽魂怨靈若是不願意，也不容易被吸進去。但是劉豔紅不一樣，要是不進去，直接鐵鍋砸進去，強行送入！

「妳先反省兩天，到時候我給妳找個好去處。」穆方回頭看了一眼還在那狂吐的宋逸來，低聲對劉豔紅道：「還有，這兩天妳離宋逸來遠點！」

折騰這麼半天，怎麼也得見點效果，要不然最後敲竹槓的時候缺少說服力。

「知道了。」劉豔紅低頭抓著衣角，不敢抬頭看穆方。

她此時就算再不樂意，也只有低頭認輸的分。

穆方因為偷了鐵鍋，不敢面對老薛，當天沒回家，直接以守護的名義到宋逸來家過夜，正好也順便看看劉素珍是不是在這。

見到了劉豔紅的虛影，脖子的疼痛又消失，宋逸來和白燕對穆方已經不僅僅是信任那麼簡單了，簡直就是崇拜。

不過穆方擔心天道認為自己藉著送信牟利，所以暫時沒提劉素珍的事，想著等把劉豔紅送入黃泉之門，再詢問相關情報。

當天晚上穆方又去醫院觀察了下，天空的雲層密度已經極厚，黑洞似的黃泉之門初見雛形。

第二天晚上，穆方帶著宋逸來和白燕到了醫院。

這一日，整個黑水市上空都是寒風呼號，點點雨花伴隨著狂風飛舞。

年關近了，醫院雖然沒有放假，但看病的人減少了許多，加上晚上風大，醫院外面的停車場上空無一人，連警衛都縮在屋裡沒出來。

為了不引起不必要的麻煩，穆方讓宋逸來把車停在外面，三人步行進入醫院。

穆方靈目一開，不由得吸了口冷氣。

昨天來看，醫院上空只是出現一小個黑色窟窿，可今天，上面簡直就像出現了一個巨大的黑洞。寒風和雨水在洞口搖曳，遊魂們也隨風飄蕩，在空中哭嚎不止。

這般場景若是常人見了，嚇得摔跤都是輕的。

穆方把鐵鍋往肩膀上一扛，對跟在宋逸來身邊的劉豔紅努了努嘴。

劉豔紅似有些不情願，但也不敢忤逆穆方的意思，一小步一小步地往前移動。

「妳看看別人，再看看自己，有妳這麼磨蹭的嗎？」穆方威脅性地敲了敲鐵鍋，教訓道：「動作快點，要不然直接敲妳進去。」

劉豔紅嘟囔道：「黃泉之門還沒開呢。」

話音未落，天空中的風聲更甚，巨大的黑洞也緩緩旋轉起來，漸漸出現螺旋狀的黑紫氣流。

黑洞深處，隱隱約約出現一條深邃的通道。

幽冥現，黃泉之門大開！

遊魂們低吟著，一個跟一個地湧入，向通道深處飄去。

穆方又看了一眼劉豔紅。

「大師，你放過我吧。」劉豔紅突然跪了下來：「我真的很愛逸來，我保證，我不會害他，只要一直陪著他就好。」

穆方這次沒凶劉豔紅，用平和的口吻道：「不是我要阻攔你們，而是天道使然。入靈界，消怨念，早日投胎去吧。」

怨念越深，在靈界滯留的時間就會越長。為了讓劉豔紅少受一些刺激，穆方也就沒說什麼宋逸來已經不再愛妳之類的話。

劉豔紅咬了咬嘴唇，站起身，抬頭看向黃泉之門入口。

「我好不甘心，我不甘心啊！」

劉豔紅一跺腳，飛身而起，和那些遊魂一起遁入黃泉之門當中。

突然，天空中喀嚓一聲炸響，黃泉之門中好似閃過一道雷電。

穆方下意識地一閉眼，一縷綠芒從黃泉之門中飄出，沒入鐵鍋當中。

通道漸漸收攏，紫黑的霧氣也徐徐散去，幾分鐘之後，醫院上空恢復了平靜，而醫院裡面也是煥然一清，幾乎再看不到一個遊魂。

穆方掐動法訣，閉了靈目。

「宋先生，劉豔紅已入靈界，不會再來騷擾你了。」

宋逸來大喜：「謝謝大師。」

白燕也很高興：「穆大師，您幫了我們這麼大的忙，我們真不知該怎樣報答您才好。」

聽到報答二字，穆方頓時精神一震，咳嗽了下：「報答嘛，不用太客氣。」

「穆大師救了我的性命，怎能隨意！」宋逸來那是什麼人，豈能看不出穆方想要什麼，他從懷裡摸索了下，掏出一張信用卡：「這裡是兩千萬，密碼是卡號後六位，還請大師笑納。」

「梁切灣（兩千萬）……」穆方話都說不清楚了。

穆方的確想過要順手敲宋逸來一記竹槓，但也沒想過兩千萬這麼多。宋東元那任務也才給價值一千萬的黃金，哪想到宋逸來一張口就是兩千萬……

哈哈哈哈，從今天起，我也是有錢人了！

穆方心中狂笑不止，但表面還是盡可能地克制。

「宋先生客氣了，我也是替天行道。」穆方裝模作樣地說了兩句，就把手伸了過去。

「這兩千萬嘛……」

「轟隆！」

一道閃亮的雷電從空中閃過，穆方一激靈，宋逸來也是手一抖，信用卡掉到了地上。

「奇怪，冬天會打雷嗎？」宋逸來抬頭。

「你能看見？」穆方一愣。

雖然現在黃泉之門已關，也閉了靈目，但難保有什麼後續的波動。只是宋逸來也能看見，就有些不對勁了。

「這天氣真怪。」宋逸來沒太在意，彎腰把信用卡撿起來，再度遞給穆方：「這錢……」

「噢，呵呵。」穆方又伸手。

「轟嚓！」

又一道閃電從天而降，旁邊一棵松樹猛地炸起一團火苗。

「我操！」穆方立即趴到了地上，宋逸來和白燕也是同樣的動作。

這什麼情況？大冬天的打起雷了？

「大師，這怎、怎麼回事啊？」宋逸來結結巴巴問道。

「沒、沒事，自然現象。」穆方心裡也納悶，弄不清眼前的狀況。

這時，穆方的手機響了起來。

一看號碼，穆方咧了下嘴。他爬起來走到一邊，按下了接聽鍵。

「嘿嘿，師父啊，你上哪去了，都快想死我了。對了，我做飯的鍋子壞了，就到你屋裡借了一個。」

心虛的穆方生怕老薛問起，電話一通就先巴拉巴拉說了一堆。

「行了行了，鍋子的事不重要。」老薛不耐煩地打斷了穆方，問道：「你是不是向宋逸來要錢了？」

「沒有啊，我向他要什麼錢？」穆方睜著眼睛說瞎話。

「噢，沒有最好。我還以為你幫他除靈，藉機向他要錢呢。」老薛好像也不在意。

「哪可能啊，我只是想取得他的信任，好詢問劉素珍的事。」穆方半真半假地道。

「沒要錢就好，要不然你就得被天雷劈死了。」老薛好像很隨意地咕噥了一句：「我掛了。」

「等等！」一聽說被雷劈，穆方頓時一激靈，定了定神，小心問道：「師父，您說被雷劈是怎麼回事？之前就是怕誤會，我一直沒跟宋逸來提替他老爸送信的事，更沒拿這事要脅什麼，幫他除靈完全是另一碼事，不算違規吧？」

「宋逸來是宋東元的兒子，不管以怎樣的形式從他那獲得好處，都會被天道視為謀私利。」老薛頓了頓，道：「如果不是你的衣服在與劉豔紅糾纏時損壞，白燕送你新衣服的時候就會有天雷劈你了。」

「真他媽的沒天理啊，天道不公！」穆方憤怒地罵了一句，也反應了過來，有些尷尬道：「師父，您老人家還監視我啊……」

「用得著監視嗎？就你這混小子還能做出什麼好事！」一想到烏鴉說的事，老薛就更沒好氣了。那樣使用第九地獄鐵鍋的人，穆方可算是古往今來頭一個。

穆方乾笑了下，有些不甘心道：「那這次我不就做白工了？」

「沒被劈死你就該謝天謝地了，還想著錢？」老薛罵道：「趁你還沒把自己玩死，趕緊給我滾回來！」

老薛掛斷電話，穆方拿著手機一臉的鬱悶。

自己也太笨了！要是先把宋東元的任務完成，宋逸來就不算是關係人了，到時再幫他除靈，想要多少錢就要多少錢。可看看眼下的狀況，真是虧死了。

「大師，穆大師？」宋逸來看看沒事了，也從地上爬起，拿著信用卡又湊了過來。

「站住，不許過來。」

穆方抬眼看到宋逸來手裡的卡，心裡糾結萬分。

那可是兩千萬啊，但也他媽的是死亡邀請函，只要伸手，就遭雷劈。

穆方暗自一聲長嘆，換上一臉嚴肅的表情：「宋先生，請你尊重我。」

「啊？」宋逸來一愣，和白燕互相看了看，都沒明白穆方什麼意思。

「除魔衛道，乃是我輩之本分。」穆方朗聲道：「劉豔紅糾纏於你，有背天道，我送她入靈界乃是順應天意。錢財乃身外俗物，豈能……」

穆方滔滔不絕說了一堆，宋逸來總算聽明白了點。

「您、您的意思是不要這個錢？」

宋逸來這句話，讓穆方感覺心臟上好像被捅了一刀。

王八蛋才不想要，我太他媽想要了，可我現在敢要嗎？

對了，現在不能要，可將來……

穆方眼珠一陣亂轉，以一種高深莫測的語氣道：「宋先生，您先送我回去吧。可能有些事您不會明白，我們還是從長計議為好。」

現在不能要，不代表以後不能要。等把宋東元的信送出去，然後再拿錢不就行了！

穆方很為自己的機智得意，但宋逸來的智商卻讓穆方很著急。

「是我失禮了。」宋逸來羞愧道：「以俗人之心看待大師，還請恕罪。」

「不俗不俗，您一點也不俗。」穆方連忙道：「我只是說從長計議，沒說別的。」

平時宋逸來也是八面玲瓏的人物，但被劉豔紅這麼一折騰，學哲學的後遺症出來了，總把事情想得太深，依然是一臉愧色。

「我明白。遭此一劫，我也該有所反思。」宋逸來對白燕道：「妳先送大師回家，我想先自己靜靜。」

白燕點頭應是，領穆方離開。

穆方心急火燎，但又不敢說得太明，怕天道降雷劈自己，只能一步三回頭地囑咐道：「宋先生，您千萬別多想啊，別多想！您不俗，真的不俗啊！」

07

冤家路窄

兩千萬就這麼沒了，心情抑鬱的穆方也沒心情繼續做任務。反正還有兩天就過年，宋逸來公司也是一大堆事，穆方乾脆休息兩天調適心情，準備年後再跟宋逸來提劉素珍的事。

只是就算不做任務，穆方也不會開心多少，因為對多數人而言快樂祥和的春節，在穆方看來卻是另外一種感覺。

年三十，夜。

「兒子，不好意思啊，你老媽今年又回不去了。」一個爽朗的女聲從電話裡傳來，其中還夾雜著機器轟鳴聲。

「好了好了，妳說完該我了。兒子啊，老爸我……」另一個粗獷的男聲又跟著響了起來。

但很快，女聲再度響起，而且還高了八度。

「滾一邊去，老娘才說了一句話！」

「一句話已經很多了，國際長途那麼貴……」

穆遠平和方淑珍，穆方的父母，這幾年他們都無法回家過年，一家人團聚的方式就是除夕的一通電話。

聽著父母在那搶電話，穆方眼中噙淚，口中笑道：「夠啦，你們再搶下去，我看就要搶到明年了。」

「聽到沒有，老不死的，還不快滾一邊去。」方淑珍最終占據了電話所有權：「兒子，今年你除夕怎麼過啊，還去同學家嗎？」

「對啊，他家沒我不行，剛還打電話催我去包餃子吃年夜飯呢。」穆方回道：「媽，你們呢？還是跟工廠的華人一起？」

穆遠平的聲音又響了起來：「對對，今年還有聯歡晚會，你老爸我還上臺唱歌呢。」

穆方大笑：「哈哈哈，就你那歌聲，八成一開口人就跑光了。」

一家三口吵吵鬧鬧，大概十多分鐘後，方淑珍輕聲道：「兒子，時間差不多了，聯歡晚會快開始了，那邊在叫我們呢。」

「嗯。」穆方頓了頓，也小聲回道：「媽，我想你們。」

「媽也想你……」方淑珍的聲音有些哽咽。

「老太婆就是囉嗦。」穆遠平大笑著把電話搶了過去：「兒子，再過幾個月我們就回去了，好好過年啊。哎呦，這電話好像不行了……」

不待穆方回話，電話便嘟嘟地斷開。

穆方的眼淚止不住地流了下來，而在大洋彼岸的另一端，方淑珍依偎在穆遠平懷裡，也在不停地抽泣著。穆遠平輕輕拍著方淑珍的肩膀，笑呵呵的黑臉上，早已被淚水布滿。

三個人都知道，哪裡有什麼同學家的年夜飯，哪裡有什麼工友春節聯歡。今年的春節，穆方還是會一個人孤伶伶地看著電視，穆遠平方淑珍夫婦，更是要在機器轟鳴的廠房裡度過。

穆方正躺在床上暗自神傷，老薛突然推門走了進來，端著兩盤餃子，拎著瓶酒。

「就知道你沒睡，跟我喝兩杯。」

穆方悄悄擦了下眼角，強笑道：「嘿，差點忘了給師父拜年，給我準備壓歲錢了沒？」

「只有酒，愛喝不喝隨你。」老薛落坐。

「不喝白不喝。」穆方也坐了過來，端起酒杯和老薛碰了下。

突然，咻的一聲，一朵巨大的煙火從夜空中爆開，光亮映入房間內。

穆方住的地方比較偏僻，沒人居住，那煙火應該是附近工廠值班人員放的。

一個接一個的煙火連續飛起，陣陣爆竹聲也陸續響起。

「都快十二點了啊。」穆方抬頭看了一眼牆上的掛鐘，指針還有十多分鐘到十二點。

晃動了下杯裡的酒，穆方心中又是一陣苦澀。

老薛看了看穆方，突然道：「把你的靈目打開。」

「做什麼？」穆方奇怪。

「過年。」老薛言簡意賅。

穆方一頭霧水，開靈目跟過年有什麼關係？總不會找一群死人來跟我過年吧，那也太嚇人。

雖然心裡碎碎念，但穆方還是開了靈目。

等靈目一開，穆方愣住了。

剛才還空蕩淒涼的房間，瞬間煥然一新。

在靈目所能看到的世界裡，非但沒有霧茫茫的灰暗，反而是張燈結綵、披紅掛綠。

一個個拳頭大小的紅燈籠懸浮在房間的各個角落，巨大的「福」字在牆壁上熠熠生輝。桌子上的金盤裡擺滿了水果糕點，一束束連名字都叫不出的鮮花嬌豔欲滴……

「這是？」穆方結結巴巴，不知道說什麼好。

「出來看看。」老薛走到門前，推開房門。

穆方深深呼了一口氣，走到院落當中，徹底地驚呆了。

破爛的庭院變得繁華無比，高大的桂樹、盛開的鮮花……就連地面都被金色鋪滿。二十多名衣著華麗的樂手懸浮在院落兩邊，敲打吹奏著古典的箏琴蕭鼓。數十個穿著五彩華服的舞女，在空中翩翩起舞，好似月宮中的嫦娥。彩虹霞光一樣的華彩，在夜空之中綻放。

樂手舞女無一不是靈體，但個個猶如神官仙女，散發出喜慶祥和的光輝。

此時此刻，穆方兩隻眼睛看到的東西似乎徹底反轉。

人眼中的景色盡是荒涼敗落的舊廠區，除了遠處隆隆的爆竹聲，沒有一絲生氣；可靈目看到的，卻是一幅生機勃勃、歡樂祥和的畫面。

這是一個靈魅狂舞的夜晚，但又如同仙境一般美妙。

穆方的眼角濕潤了。

「師父……」

這聲師父，是穆方叫得最開心、最真誠的一次。

老薛笑了，指了指那些舞女：「別看我，看她們。紅樓歌姬的月舞，可不是誰都能欣賞到的。」

「她們都是住在附近的嗎？以前我怎麼都沒見過？」穆方看著那些舞女。

「她們不住這，只是受邀而來。」老薛輕輕搖頭：「你看到的一切，包括那些裝飾，都是靈界之物。」

穆方狐疑道：「您不是說，靈的行動受限，不能隨便離開屬地嗎？」

「他們是居住在靈界的靈，是我開啟黃泉之門傳過來的投影，持續不了太久。」老薛做了個噤聲的手勢，神神祕祕道：「這不合規矩，你可要保密哦。」

「師父，謝謝你。」穆方的眼淚終於不受控制地流了出來。

「傻小子，你現在這模樣我可真不習慣。」老薛撣了下穆方的眼淚，抬頭看向天空：「馬上十二點了，要倒數了哦。」

隨著轟轟的禮花聲響，在一團團焰火爆開的同時，一個個數字也在夜空閃現。

「十——九——八——七——」

老薛、穆方，還有那些起舞的魂靈，一起進行著新年鐘聲的倒數計時。

「四——三——二——一——零！」

隨著最後一個數字結束，老薛打了個響指，悠揚悅耳的鐘聲響徹夜空。

更多的光華在星空中爆開，陰間陽界的焰火交織在一起，組成了一幅無以倫比的美妙畫卷。

「穆方，新年快樂。」

「師父，新年快樂。」

過了有生以來最特別的一個春節，穆方的心境也發生了很多的變化，不過在外人看來，穆方還是那個穆方，要做的事情更是沒有改變。

「穆大師，新年快樂。」

初一上午，宋逸來和白燕拎著幾大包東西，敲開了穆方的家門。

「新年快樂……宋先生？白小姐？」穆方打開門後一臉的意外：「你們怎麼來了？」

「拜年嘛。」白燕笑道：「您這可是第一站。」

「能不能讓我們先進去啊。」宋逸來晃了晃手裡的東西：「這些東西可是不輕，快累死我了。」

「呃，請進。」穆方連忙把二人讓進了屋。

「不好意思啊，太簡陋了，我這也沒茶水……」穆方倒了兩杯熱水。

宋逸來和白燕四下打量，眼中複雜莫名。

他們知道穆方的境況，但沒想到屋裡也和外面看起來一樣清苦。老舊的傢俱桌椅就不用說了，連電視都是十幾年前產的那種大屁股。

「穆大師，我實在不如你啊。」宋逸來又是一番感慨，心中暗暗思量。住這樣的地方，面對兩千萬竟然毫不動心。

穆方的恩情要報，但要通過別的方式，送錢對這樣的人完全是侮辱。

穆方不明白宋逸來的意思，但也幸好不明白，若不然非一杯開水潑過去不可。

「宋先生。」穆方看了一眼宋逸來和白燕拎的東西，開口道：「您二位能過來，是我的榮幸，但這些東西，還是拿回去吧。」

宋逸來苦笑道：「大師，我知道您不愛錢，但過年我多少得表示點吧。再說這些東西都是能用到的，也不值幾個錢。」

白燕也道：「是啊，大師，您就別讓我們為難了。」

穆方心道：誰不愛錢啊，要不是該死的天道動不動就拿雷劈我，別說這點東西，就算你送個藍寶堅尼我都敢要。你們為難，我更為難。

宋逸來見穆方一臉糾結的樣子，不由得跺了跺腳：「大師，您該不會覺得我是個俗人，不屑和我交往吧？」

「我做夢都想做您這樣的俗人呢。」這確實是穆方的心裡話，但在宋逸來耳中卻像是諷刺。

「宋先生，您別誤會。」看宋逸來臉色不對，穆方知道他是誤會了，但也解釋不清，只好轉移話題，無奈道：「咳，這樣說吧，我也是有事要找您幫忙的。」

一聽穆方說有事，宋逸來立刻就來精神了。「什麼事大師儘管說，我必將竭盡全力！」

「是您父親的事……」穆方一開口，就讓宋逸來和白燕都愣了。

穆方去掉一些細節，比如女更衣室、女廁所以及黃金報酬之類，也沒說送信，只說宋東元委託自己尋找劉素珍，了卻塵世未了的心願。

「事情大致是這樣。如果不是想打聽您奶奶的事，那天我可能也注意不到劉豔紅。說到底，幫您除靈，我也是有私心的。」

把話一說開，穆方多少有點不好意思。但宋逸來聽了，那感動可是洶湧澎湃。

之前宋逸來要是聽到這些，肯定是一點都不會信，但現在有了劉豔紅的事，他是不信也得信。

幫父親找奶奶，又義務幫自己趕走了劉豔紅，好人啊！

「大師……」宋逸來握住穆方的手，百感交集：「我們宋家，欠您太多了！」

知道欠就好，最後別忘了給錢。

穆方心裡嘀咕，嘴上微笑：「這些話就見外了，您還是說下您奶奶吧，比如她有什麼喜好、愛去什麼地方、有什麼心願之類。如果您比較清楚，我就不用再去叨擾您父親了。」

「父親生前只顧忙生意，家都很少回，奶奶的事還真沒我清楚。」宋逸來回憶著說道：「奶奶性格很好，對誰都笑呵呵的，和我們說的最多的話就是知足常樂。她生活很規律，每天早上出去散步，白天在家看電視，給家裡人做飯。晚飯後出去和一些老人聊天，然後就回來睡覺……」

穆方仔細聽著宋逸來說的每一句話，時不時地插嘴問上幾句，可研究來研究去，劉素珍就完全是個無欲無求的老太太。

這樣的人應該沒有一點執念才對，怎麼會投不了胎呢？難道真跟宋東元猜測的那樣，是在病床上受了兩年折磨，有了怨氣？

就算真是那樣，她又會去哪？

穆方正思考著，一直在旁邊聽著的白燕突然開口道：「宋奶奶會不會回老家了啊？」

「老家？」宋逸來抬起了頭，穆方也狐疑地看著白燕。

「我是瞎猜的。」白燕有些局促。

穆方連忙道：「沒事沒事，我也是亂猜的。妳說下去。」

白燕才又開口道：「我是想，老一輩人都念舊，宋奶奶如果真的那個……會不會回到家鄉去啊？」

穆方沉思道：「有這個可能，但太遠就不好說了。」

靈在剛剛形成的時候行動不受限制，會一直飄到執念之地，然後才會被天道禁錮。但如果執念地離得太遠，靈力太弱就會導致三魂七魄缺失，變成失去意識的遊魂。

劉素珍是普通的幽魂，所在的地方應該不會離開黑水市的範圍。

「奶奶的家鄉不遠，就在市郊的石頭村。」宋逸來道：「如果大師要去的話，我可以陪您過去。只是可能得等些日子，最近公司的事情……」

「這個不急，要查我也得先查近的地方。」穆方想了想，道：「煩請宋先生把您奶奶常去的地方以及墓地寫下，這些天我先去看一看。要是都不在，再辛苦宋先生帶我去石頭村。」

宋逸來和白燕互相看了一眼，似乎都有些為難。

宋逸來有些不好意思道：「穆大師，年後的事不少，光那些是祭神就得拜上好幾天，實在是脫不開身，我找其他人帶您去行嗎？」

「行是行。」穆方想了想：「但因為要打聽事情，去的人最好能跟村裡人熟悉，如果只是司機的話……」

「這個請大師放心。」白燕連忙道：「我認識個志願者，常去石頭村當志工，在那比我還吃得開，回頭我就替您聯繫。」

就這樣，宋逸來寫下一連串地名，又寒暄了一陣，和白燕告辭而別，但那些讓穆方頭疼的禮物沒有拿走。

穆方看著那些花花綠綠的禮物，只感覺腦袋一個勁地冒汗。對於別人來說那是禮物，但對他來說，不亞於在屋子裡放了一堆炸彈。

正頭疼的時候，老薛推門走了進來。

「剛來客人了啊？」

「師父，您來得正好。」穆方大喜，連忙指著那些東西道：「剛才是宋逸來和白燕過來，扔了這麼一堆東西，趁著天雷還沒劈我，您老人家行行好，趕緊把那些玩意拎走！」

「這些沒事，你收著吧。」老薛笑道：「天道只是禁止你牟利，這些禮尚往來的事不在其列。」

穆方撇了撇嘴：「您別騙我了，我才不會上當。」

老薛沒說話，從其中一個籃子裡拿出一顆蘋果，隨手丟給穆方。

穆方下意識地接住，然後一個激靈，把蘋果扔了出去。

「你看，這不是沒事嗎？」老薛伸手接住蘋果，在衣服上蹭了蹭，咬了一口。

「是誒，好像真沒事。」穆方走到那堆東西前先試探性地碰了碰，確定沒事後立刻就原形畢露了。

「宋逸來這死摳門的，還首富呢，才帶這麼點東西來。」

老薛白了穆方一眼：「現在你不怕遭雷劈了啊？」

「咳，師父，您怎不早跟我說這事啊。」穆方有些懊悔道：「早知道的話就向他要壓歲錢了……我的兩千萬啊！」

對那兩千萬的信用卡，穆方還是無法釋懷。

「早晚被你氣死。」看著穆方那個無節操的財迷樣，老薛也是無可奈何。

在接下來的幾天裡，按照宋逸來寫下的地址，穆方騎著機車四處探查。繞一大圈下來，幽魂怨靈什麼的見到不少，但就是沒找到劉素珍。

沒辦法，穆方只好打電話給白燕，準備去劉素珍的老家看看。

白燕早就聯繫好了那個志願者，當即約好第二天開車來接穆方。可等第二天，那個志願者過來，和穆方一照面，兩人都愣了。

年前在東元商場，那個被穆方襲胸的倒楣女孩——

韓青青！

雖然當時韓青青原諒了穆方，但回去後越想越後悔，覺得自己根本不應該同情那變態。就算你家境差了點，也不能隨便摸女孩子的胸部吧。

韓青青曾經無數次想像再見到穆方時的場景，比如刀砍棒殺或者直接掐死之類。但眼前這種情況，從來沒想過。

「竟然是你這個變態?!」

韓青青兩眼瞪得又大又圓，指著穆方，一臉難以置信。穆方更是臉紅脖子粗，張口結舌地說不出話來。

憋了老半天，穆方才訕訕乾笑了一聲：「原來妳叫韓青青啊。」

對於被自己摸了一把的正妹，穆方的記憶還是滿深的。

兩人大眼瞪小眼地對視了半天，最後還是穆方先投降。「那個，妳回去吧，回頭我讓白小姐再找個人帶我去……」

韓青青上下打量穆方：「你真是穆方？燕子姐嘴裡的什麼穆大師？」

「什麼穆大師啊，都是白小姐隨便叫的。」穆方變相承認了自己的身分。

韓青青磨了磨牙，躊躇再三，恨恨一跺腳：「姐姐我答應的事還沒食言過呢，上車！」

穆方遲疑了下，問道：「妳還在上高中吧？有駕照嗎？」

「誰告訴你我上高中了！姐姐我只是娃娃臉，都快大學畢業了。」韓青青一瞪眼。

「還有什麼廢話？沒有就快上車。」

「噢。」占了人家便宜，穆方多少有些弱勢，順從地上了車。

一路上兩人也沒說話，一個開車，一個裝睡。石頭村與黑水市的直線距離並不遠，但道路崎嶇難行，出了城區後，顛簸了半個多小時也沒到地方。

半個小時不算長，但穆方已經有了一種要死的感覺。

路不光顛簸，而且極為崎嶇，走一段距離就是一個大彎，甩來甩去的。

「那個，韓小姐啊，還多遠啊……」穆方只感覺自己的腸子都快斷了，胃裡更是翻江倒海。如果不是男人的自尊心作祟，穆方早就要求停車「清理腸胃」了。

「快了，過了前面那個山口就到。」韓青青拿餘光瞟著穆方，一臉的幸災樂禍：「這路誰第一次走都不舒服，來兩回就習慣了。」

「一回就夠了，我可不想再來……嘔……」穆方趕緊閉上嘴，用力地往下咽唾沫。

汽車搖搖晃晃繼續前行，又拐了幾個彎後，前方終於出現了村莊的輪廓。十幾個小孩正在村口打雪仗，看到有汽車過來，有幾個小孩轉身就往村裡跑，但更多的孩子徑直迎上來，跟著汽車一起奔跑喊叫。

韓青青放慢車速，搖下車窗朝那些孩子笑著擺了擺手，口中道：「這裡雖然窮了一點，但人都淳樸，可不是某些道德淪喪的傢伙能比的。」

說著，韓青青側了下頭，這才看到穆方半死不活的樣子。

「喂，你不是真不行了吧，虧你還是個男人。」韓青青停下車。

「沒、沒事……我，我下去看看風景……」穆方抿著嘴，推了兩下才把車門推開，然後一路狂奔到山壁邊，蹲在那就開始吐。

看著穆方的背影，韓青青得意地笑了。

誰叫你這個色狼敢占老娘便宜，這下吃到苦頭了吧。

不過燕子姐可真奇怪，為什麼尊稱他大師呢？還讓我保持尊敬，神神祕祕的。

韓青青又瞅了幾眼，掏出幾張紙巾壓到汽車的雨刷下，又從車裡拎出一個袋子，走到另外一邊發糖給那些小孩子。

穆方轉回來看到雨刷下壓著的紙巾，看向韓青青的目光柔和了許多。

這女的雖然潑辣了一點，但心地還真是不錯。

穆方抬頭眺望村莊。感覺這村子也不算大，大不了也就百十來戶。

「韓小姐，石頭村就這麼大嗎？看上去好像沒多少戶人家。」穆方走到韓青青身旁。

「叫我名字就行了，一口一個小姐，怪怪的。」韓青青把裝糖的袋子遞給一個大孩子，直起身子：「石頭村有百十來戶，雖然偏僻，但山青水秀，村裡的人也都長壽。年輕人會到外地工作，但老一輩的人都不願意離開。」

穆方開始只是下意識地應和著，但聽到韓青青最後一句話，不由得一怔。

老一輩人都不願意離開？說不定……真的是這！

穆方急忙問：「妳知道宋逸來家的老宅在哪嗎？」

「知道啊。」韓青青有些奇怪穆方的亢奮，道：「正好還有點東西，等我拿了再帶你過去。」

韓青青又轉身從車上搬下兩箱東西，拿個小推車拖著。

穆方很自然地過去接過小推車，跟著韓青青走進村子。

石頭村村如其名，房子、牆垛，甚至連地面都是由大大小小的石頭構成，雖然看似簡陋，但也別有一番風味。只是道路窄了些，車輛不容易通過。

走過兩條巷道，到了一處庭院前面。

恰好庭院大門被人推開，一個頭髮花白的老頭拄著拐杖從院裡出來。

「青青，還真是妳呀。」老頭臉色紅潤，嗓門也大：「阿牛跟我說有人來了，我還以為是誰呢……」

「陳爺爺，新年快樂。」白燕也笑著過去牽住老人的手。

老人側頭看見穆方，奇怪道：「這小子是誰啊？燕子呢？」

「燕子姐太忙，過幾天才能來，這位是……」韓青青眼珠轉了轉，道：「這是我表弟，聽說石頭村是個好地方，就跟我來看看。」

穆方嘴一咧，但還是上前打招呼。「爺爺，新年快樂。」

老頭好像沒聽見穆方說話，跟韓青青寒暄了句，又大聲對穆方道：「小子，別站著，快，進屋裡坐……」

韓青青湊近穆方低聲道：「這是宋董的老鄰居陳四，年輕時從南方來的，現在耳朵不大好，這些年一直幫忙照顧宋家的老宅。右邊有榆樹的那院子，就是宋家老宅。」

「噢。」穆方抬頭看了眼，想了想，大聲對陳四道：「爺爺，你們聊，我看這風景挺好的，想到處逛一逛。」

「你想幹嘛？」韓青青瞪眼道：「這村裡的女孩都很乖的，你不許胡來。」

穆方沒好氣地白了韓青青一眼。「我上山去抓母猴子，這樣可以了吧？」

穆方走出院門，到了院牆外邊，看看四下無人，直接從牆頭翻了進去。

院子裡很乾淨，陳四應該常來打掃，角落處有一棵已經死去很久的老榆樹，遮蔽了半間房屋。

雖然簡陋，但也未必不是幽靜安然之所，或許劉素珍真的回到了這裡。

穆方深吸了一口氣，掐指結印，開啟靈目。

平日若是在這種僻靜之所開啟靈目，遊魂必定不少，但穆方開啟之後，除了世界灰暗幾分之外，竟然還是一片寧靜，沒有半個影子。

「這村裡的人還真是無欲無求。」穆方四下張望，真是連一個遊魂都看不到。

屋門只是關著沒有上鎖，穆方推門進去轉了一圈，仍然一無所獲。他正打算出院子找找時，突然看到榆樹後面露出半個身子。

幽魂！

穆方眼睛一亮，連忙跑了過去。

那是一個上了年紀的老婆婆，坐在樹下，正低頭在地上擺弄著幾片樹葉。

劉素珍嗎？

穆方呼吸急促了起來。

價值一千多萬的黃金啊，就要到手了！

但隨著腦中浮現的資訊，穆方的心一下沉了下去。

杜金娥：二十七年幽魂，女，病故，卒年六十八歲。

不是劉素珍。

但滯留的時間可夠長的，比劉素珍還要早，說不定能打聽到什麼。

穆方緩步走過去，輕聲道：「老婆婆，您好。」

杜金娥緩緩抬頭：「你是誰？」

「我是一名郵差。」穆方如實回答：「受人所託，給一位叫劉素珍的老太太送信。」

「噢，素珍啊……」杜金娥仔細想了想：「她早就不在這裡了。」

「那您見過她嗎？我是指……死後？」發現杜金娥認識劉素珍，穆方又多了幾分期待。

「見過。」

杜金娥的回答讓穆方欣喜若狂，忙問道：「那她人呢？」

杜金娥頭也不抬道：「找榆樹去了。」

「找榆樹？」穆方滿頭霧水：「她找榆樹做什麼？」

「你好煩啊。」杜金娥不耐煩地指著旁邊的老榆樹道：「你沒見這棵榆樹死了嗎？這棵死了，當然要找活著的了。」

杜金娥巴拉巴拉一頓數落，讓穆方越發糊塗。

難道這榆樹有什麼特殊之處？劉素珍去找，杜金娥也在這守著。

「老婆婆……」穆方琢磨了下，換了個策略，笑呵呵道：「那您為什麼還留在陽間呢，也是為這榆樹？」

「你真的是好煩啊！」杜金娥抱怨著站起來，生氣道：「是老頭子死前叫我答應他，一定要再活三十年，可他咽氣沒兩天我也跟著死了。要是下去早了，那老東西還不罵死我！跟這榆樹有什麼關係！」

穆方沉默了。

不是因為被罵，而是心中的震撼。

只因老伴的一句遺言，竟然在陽間滯留三十年。這份老夫老妻的感情，足以令那些嘴上愛來愛去的痴男怨女汗顏。

「打擾婆婆了。」穆方恭敬地退開。

杜金娥似乎也真的受不了穆方，穿過牆頭，飄到其他地方去了。

穆方垂首沉思。

不管劉素珍的執念是什麼，但目前至少可以確定和榆樹有關。

靈不是全知全能，劉素珍就算找榆樹也得憑藉人類時的記憶尋找，所以要找的話，找那些大家都知道的地方就可以了。

黑水市雖然地處山區，但長著榆樹的地方卻不多，應該不會太花時間。

「壞人！」

突然，就在穆方正思索的時候，一個尖銳的聲音在他頭頂上方響起。

08

夜宿山間

聽到聲音後穆方抬頭一看，不禁莞爾。

側面高高的牆頭上趴著一個八、九歲的小胖子，正拿著玩具槍對著自己。

小胖子沒嚇到穆方，穆方反倒把小胖子嚇到了。

穆方現在正開著靈目，右眼紅紅的，小胖子一激靈，從牆頭上掉了下來。

這下可是真把穆方嚇到了，連忙一個箭步向前，伸手去接。

哎呦一聲慘叫，小胖子沒摔著，穆方可是被砸得不輕。

「小朋友，你平時都吃什麼啊……」穆方直接被砸躺在地上，抱著小胖子一個勁翻白眼。

小胖子眨了眨眼，可能是覺得有趣，咯咯笑了起來。

「你還笑。」穆方勉強坐起身子，小胖子也站起來，歪頭看著穆方。

「你不是壞人啊？」

穆方好笑地看著他：「為什麼剛才喊我壞人，現在又說我不是壞人了呢？」

「因為你鬼鬼祟祟地跑進院子啊，門分明是鎖著的。」小胖子理所當然道：「但剛才我從牆上掉下來，你又接住了我。壞人是不會救人的。」

穆方大笑：「小機靈鬼。」

「我不叫機靈鬼，我叫阿牛。」小胖子問道：「你叫什麼？你的眼睛剛才好嚇人。」

「我叫穆方。」穆方閉了靈目，起身道：「我眼睛剛才進沙子了，所以有點紅。」

穆方頓了頓，問道：「對了，你知道除了這裡，村子哪裡還有榆樹嗎？」

阿牛撓了撓腦袋，道：「只有這裡有，其他地方沒了。」

穆方有些失望，但也不意外，道：「我們別再待在這兒了，被人看到一定把你也當壞人了。」

「對對對！」小胖子恍然大悟，把玩具槍往口袋一塞，就跑到牆邊想爬牆。

他剛才能上牆頭，是因為另外一邊有踩著的東西，這邊沒有任何輔助，想上牆又談何容易，努力了跳了好幾下，都爬不上去。

「我幫你吧。」穆方笑著走過去，幫忙托阿牛上去。

「好小子，你真該減肥了……」穆方用盡力氣才把阿牛托上牆頭。

阿牛好像是被牆頭的石頭勾到了衣服，脖子上掛著的一個東西掉了下來。

「哎呀，我的護身符！」阿牛一聲大叫。

「別再下來，我幫你撿。」穆方蹲下撿起阿牛掉的東西。

那是孩童小指大小的一片白玉，被拴在一條細繩上。不過那白玉明顯是破損的，好像是一塊碎片，細細長長的。

穆方剛想扔給阿牛，突然感到一陣寒氣從白玉上傳來，隨即腦袋就是一陣暈眩。隱隱約約，穆方似乎看到八、九個人影在眼前晃動。

「你快上來呀，一會有人要來了。」阿牛見穆方愣住不動，著急地大叫。

隨著阿牛的叫喊聲，穆方一激靈，清醒了過來。

他不由得一愣，愕然看向手中白玉。

「好，我這就上去。」穆方爬上牆頭的同時，又悄悄二度開啟靈目，看了看那玉片。在靈目之下，那玉片竟然有著濃濃的靈力波動。但那股波動很隱晦，不碰觸根本感覺不到。

這個東西不是陽間的東西，而是靈物！

「穆方哥哥，快把東西還我呀。」穆方剛上了牆頭，阿牛就著急討要玉片。

穆方猶豫了下，將玉片還給阿牛，順勢問道：「這個你是在哪買的？」

「不是買的，是撿的。」阿牛得意地道。

「在什麼地方撿的？」穆方又問。

「你撿不到的啦。」阿牛更加得意：「是我在爸爸的工地撿的，土裡挖出來的，那時候我還沒上學呢。」

頓了頓，阿牛又神神祕祕道：「聽說那個工地，以前還有個漂亮阿姨跳樓死了呢。」

「噢。」

穆方雖然有些介意，但也沒太當回事。只有郵差才能將靈物轉化為陽間之物，但靈物也不是沒有其他管道出現在世間。比如說一些陪葬品，年頭久了就有變成靈物的可能，只是凡人無法使用罷了。

一個裝飾用的玉片，又不能使用。阿牛戴著應該有幾年了，但還是胖乎乎的沒什麼事。

「阿牛！」一個大嗓門突然響了起來：「你怎麼又爬上牆了，欠揍啊！」

「爺爺。」阿牛一吐舌頭，連忙順著梯子爬了下去。

穆方側頭一看，是陳四和韓青青，而陳四正用不善的目光瞪著自己。

穆方這才想起來，剛來時陳四好像提過阿牛的名字，鬧了半天是爺孫倆。這下可好，陳四肯定把自己當成帶著孩子胡鬧的搗蛋分子了。

「臭小子，太久沒被教訓皮在癢了是吧，看我不揍你！」陳四好像在罵阿牛，但眼睛卻一個勁瞧著穆方。

穆方也沒法辯駁，只能裝看不見。

「誰叫你亂跑，活該。」韓青青走過來，小聲哼了哼。

「對對對，我活該，但趕緊上車吧，陳爺爺快拿拐杖揍我了。」穆方對陳四點頭哈腰地告別，狼狽而去。

到了車上，韓青青正要發動引擎，穆方裝作很隨意的樣子，問韓青青知不知道附近哪裡有榆樹。

「你找榆樹做什麼？」韓青青雖然奇怪，但記得白燕的囑咐，還是回道：「零散的不好說，但我知道有個地方。出村口走另外一條路，可以到下關鎮，在下關鎮旁邊就有一片榆樹林。我們現在走的話，晚上可以從下關那邊的國道回去。」

「好，去下關鎮。」一聽可以走國道回家，穆方立刻拍板。

就這樣，韓青青帶著穆方，驅車前往下關鎮。

穆方還以為韓青青故意報復自己才沒有走國道，卻萬萬沒想到，從石頭村到下關鎮的路，竟然比來時還要難走。

來的時候雖然顛簸，但勉強也能叫路，可現在走的路根本就不能叫路，車開出去沒多遠，穆方已經撞到好幾下腦袋了。穆方非常懷疑，也許到不了下關，自己就得顛死在路上。

不過穆方很幸運，在他受不了之前，車就先不行了。

噠噠幾聲之後，車子熄火了。韓青青嘗試著點了幾次火，但不僅沒點著，車內反倒多了一股焦味。

車拋錨了。

穆方如獲大赦，迅速開門下車，努力呼吸新鮮空氣。

韓青青也下了車，掏出手機晃了晃，一臉的囧相。

這裡前不著村後不著店，手機又沒訊號，這下可麻煩了。

韓青青望了一眼在那做深呼吸的穆方，無奈地把馬尾拉緊，然後打開了引擎蓋。

穆方聽到響動回頭看了一眼，問道：「妳會修車？」

「不會。」韓青青回答得很果斷。

穆方嘴角一抽：「不會妳掀引擎蓋做什麼，好像很懂一樣。」

「那怎麼辦，總不能在這枯等吧。」韓青青瞪了穆方一眼，而後杵著下巴思索道：

「要不然你在這看車，我去找人求援？」

「我先看看再說。」穆方把外套脫下來甩給韓青青，一頭栽進引擎蓋底下。

「好像你懂似的。」韓青青探頭看了兩眼：「喂喂，你別打腫臉充胖子，要是把車弄壞，你賠燕子姐。」

穆方頭也不抬地回道：「我在汽車保養中心打過工，這點小毛病搞得定。」

「真的？」韓青青還是半信半疑。

「真的假的一會妳就知道了。」穆方又張口道：「車上有工具嗎？」

「那倒要看看你的本事了，等我拿給你。」

韓青青跑到後面拿出工具箱，在一旁給穆方幫忙。

穆方上上下下地折騰了老半天，再進車內一點火，引擎終於再度轟鳴起來。

「看不出你還真厲害啊。」韓青青驚訝地說著，把外套還給穆方，又遞了幾張濕紙巾。

穆方穿上外套，拿濕紙巾擦著手，口中隨意道：「BMW X5馬力很強，底盤很厚實，懸吊系統也不錯，走山路和爛路都OK，不過以後出遠門前最好先保養下，要不然也容易出問題。

「妳這個是保險絲燒斷，節溫器有兩條線黏在了一起。我換了兩條線，但只是應急措施，等回去後，妳讓白小姐把車送修，換個新的電子節溫器……」

穆方車前車下地忙得夠嗆，寒冬正月的天氣，竟然不覺得冷，整張臉紅撲撲的，一邊滔滔不絕地說著，一邊順著脖頸往外冒熱氣。

韓青青看著穆方，漸漸地有點發愣，穆方後面說什麼好像都沒聽到。

明明是個變態，可現在又像是個可靠的男人……

他到石頭村到底做什麼？找榆樹做什麼？燕子姐為什麼讓我幫他？

這個穆方，真的有夠神祕……

穆方擦完手，看到韓青青迷茫的雙眼，有些不好意思道：「很久沒修車，職業病犯了，當我沒說吧。」

「啊，沒事。」韓青青臉紅了一下，忙道：「上車吧。」

穆方應了一聲，抬頭看了看天，鬱悶道：「耽誤的時間有點長，等到下關，天都黑透了。」

他們是中午吃過飯出來的，本想著晚飯前能回去，可這麼一耽擱，天已經開始黑了。

韓青青這才注意到天色，皺了下眉：「去下關還得一個多小時，而且都是山路，天黑了太危險。我們先盡可能地再往前走，實在不行的話，只能找個地方在車上睡一晚。」

穆方想想也是，這麼顛簸的路，要是摸黑走，萬一開到山溝裡可就麻煩了。

「看情形，今晚我們得睡在一塊了。」穆方說時無心，但說完之後感覺不對，臉一下紅了起來。

韓青青見了，更是一臉提防。

「警告你啊，別胡來，我練過功夫的。」

見韓青青那如臨大敵的樣子，穆方先前的些許尷尬頓時煙消雲散。

跟這麼個母老虎，自己害羞個屁啊。

韓青青又把車往前開了一段，在一個矮坡邊停了下來。車上沒什麼吃的，只有些糖果和巧克力，穆方和韓青青就湊合著當晚飯了。

穆方吃著巧克力，看著外面的星空，自娛自樂地欣賞野外美景，但韓青青卻心不在焉，使勁瞪著穆方。

「再次警告你，不許亂想，更不許亂動。」韓青青瞪著眼睛威脅道：「你知道賀青山嗎?那可是我哥。要是你敢對我亂來，我就讓他把你綁起來沉到河裡去。」

穆方哼了哼：「呦，真看不出，妳跟那些混混還有來往啊。」

賀青山這個人，穆方不認識，但聽說過。

賀青山人稱黑水第一打，黑水市著名的混混，據說他曾經一個人拿刀追著一百來個人跑，是個被人割了喉嚨都沒掛的猛人。

「你是混混，賀青山才不是。」韓青青一副忿忿的樣子。

「對對，我是混混，別人都是好人。」穆方順手從工具箱拿出扳手遞給韓青青：「妳睡那邊，我睡這邊。我要是越線，妳就敲我的頭，不用客氣。」

說完，穆方爬到後面，把後座放倒，蜷縮身子靠著一側躺了下去。

ＢＭＷＸ５的後排座椅可以向前放倒，和後車廂相連，足夠兩個成年人躺下。穆方一百八十多公分，但稍微蜷下腿也能躺得很舒服。

「這可惡的傢伙。」韓青青拿著扳手，心裡暗暗發愁。

雖然她跟老爸說去石頭村，但可沒說晚上不回去啊，現在手機沒訊號，萬一他給燕子姐打電話，知道自己跟一個變態在一起過夜……

正月裡的冬夜，車裡的空調驅散了寒意，但望著窗外的星空，韓青青只感覺心中陣陣悲涼。

穆方路上晃得夠嗆，又修了半天車，到後面躺下就睡著了。可是韓青青吃了不少糖果和巧克力，加上又提防穆方這個色狼，一時難有睏意。

本來想靠在椅子上睡，可怎麼挪位置都不舒服，韓青青最後沒有辦法，也爬到了後面。

「喂，不許胡來啊。」韓青青手裡還是拿著扳手，又威脅似地揮了揮。

穆方睡得正香，根本一點反應都沒有。

「真是頭豬。」韓青青忿忿地輕踢了穆方一下。

穆方咕噥了兩句，翻了個身，並沒有醒，正對著韓青青。

穆方長得並不醜，但頭髮太長，經常把臉蓋住，再加上貫穿右眼的那道傷疤，平時讓人看著都會有種頹廢感。

不過在現在的韓青青看來，頹廢也是一種異樣的美。哪怕是那道傷疤，也透著幾分男子漢的氣概。

韓青青忍不住撥開穆方的頭髮仔細看了看，嘆道：「看不出原來你也有幾分小帥，怎麼就不好好打理下自己呢？」

穆方可能是做了什麼夢，咂下嘴，咕噥道：「別怕，有我呢……小小劉豔紅，看鍋……」

韓青青噗嗤一笑。

這傢伙真有趣，夢見拿鍋子跟別人打架嗎？

這時穆方突然又翻了個身，一隻手臂揚了起來。

韓青青嚇了一跳，以為穆方醒了，連忙把眼睛閉上假裝睡覺。感覺腰上一沉，心更是跟小鹿似地蹦個不停，以為自己被發現了。

可她等了一會，發現沒什麼動靜，小心翼翼把眼睛睜開，看到穆方熟睡的臉正對著自己。

韓青青這才鬆了一口氣，剛想把穆方的手移開，發現穆方的腿也架了上來。

「靠，膽敢裝睡占老娘便宜！」韓青青大怒，抄起扳手就要給穆方來一下。

正在這時，車外面突然傳來兩聲咕咕的鳥叫，好像是野雞之類。

韓青青一激靈，下意識地往穆方懷裡縮了縮。

雖然隨後也是一陣臉紅，但外面的古怪聲響，還是讓韓青青不禁又往穆方懷裡拱了拱。

「算了，這荒郊野嶺的，就讓你占點便宜好了。大不了明天我早點起來，讓你不知道就行了……」

韓青青嘴裡絮絮叨叨，眼皮也越來越沉，漸漸地進入了夢鄉。

第二天，太陽高高掛在天上，小鳥在樹枝歌唱，車裡的電子時鐘上顯示的時間是十點十三分。

穆方迷迷糊糊地睜開眼睛，看向窗外。

車裡面開著空調，熱氣騰騰，車窗上結了厚厚的一層霧氣。

穆方剛想起來看看，卻感覺壓著東西，低頭一看，臉頓時紅到了耳根。

自己的手臂和一條腿，全都摟在韓青青身上。

瞧見韓青青懷裡墊著的扳手，穆方不禁咽了口唾沫。

還好睡著了，要是被這母老虎知道，自己八成會被敲死。

穆方小心翼翼地把手和腿撤回來，但還是無法起身。因為韓青青不光枕著他另一條手臂睡得正香，一隻手也摟著他的腰。

「天亮了，起床了……」穆方用蚊子似的聲音哼哼。

此時的韓青青，臉色緋紅，不知道是不是聽到穆方的呼喚，下意識地牽動了下嘴唇，展露別樣風情。

淡定，穆方你要淡定！

穆方深吸了兩口氣，又推了推。

仍在睡夢中的韓青青似乎是感覺有人在推，不滿地嘟囔了一聲，貼得更緊了。

穆方無奈，思考了下，拔了一根頭髮，在韓青青的鼻子附近搔了起來。

韓青青鼻子抽動了幾下。

「啊嚏！」

韓青青打了個噴嚏，穆方向後一躲，砰的一聲撞到了車門上。

「早啊。」韓青青揉了揉眼睛。

「那個，今天天氣挺好啊……」穆方揉著腦袋。

韓青青胡亂地整理著自己的頭髮，腦子亂糟糟的，壓根沒聽清穆方說什麼。

被窗上的寒意刺激了下，穆方腦子稍微清醒了點。他回頭看了看韓青青，遲疑了幾秒，吞吞吐吐道：「那個，那個……昨天晚上，我……」

孤男寡女，還摟著人家，穆方覺得這事很不真實。

「怎麼了？」韓青青醒了，但不明白穆方的話。

「就是……」穆方臉紅脖子粗道：「我睡相不太好，不是故意、故意那個的……」

穆方也想試探下，看看韓青青發覺沒有。

韓青青眨了眨眼，看著穆方那漲紅的臉，終於明白了是怎麼回事，臉瞬間紅到了耳根，心裡更是恨得要命。

這個死色狼，占了便宜自己暗爽在心裡就好，用得著說出來嗎！

韓青青那臉就跟剛被開水燙了似的，憋了半天也不知道該怎麼接話，最後乾脆爬到前面駕駛座上，裝作什麼都沒發生一樣，咳嗽了下：「不早了，該去下關鎮了。」

「對，對，去下關，去下關……」穆方也爬到了副駕駛座，兩眼漫無目的地望著窗外。

又是一路顛簸，直到遠遠地看到下關鎮地區，汽車才算上了國道。在路過國道邊的一個小餐廳的時候，韓青青把車停了下來。

「停車做什麼？我沒事。」穆方以為韓青青是怕自己暈車。

韓青青哼道：「你沒事，你肚子也沒事嗎？不餓啊？」

穆方這才想起來，昨天晚上隨便應付了一餐，今天早上也沒吃飯，眼看著就要中午，肚子早就餓得咕咕叫了。

韓青青繼續道：「我說的那片榆樹林也在這餐廳後面，我們吃完飯你正好也可以去看看。」

「榆樹林？」穆方連忙下車張望。

果然，在餐廳的後面有老大一片榆樹林，穆方眼睛頓時亮了。

穆方現在看到榆樹，就跟看到錢的感覺差不多。

有榆樹的地方就有可能找到劉素珍，找到劉素珍就能完成任務，拿黃金！

「飯回頭再吃，我先去林子裡！」穆方一路小跑奔向榆樹林，邊跑邊回頭喊道：「妳先去吃，我一會就回來。」

「這可惡的傢伙！」韓青青羞惱地跺了跺腳。

穆方進了榆樹林，林中非常安靜，除了些許鳥鳴之外沒有半點聲響。地上鋪了一層枯黃的樹葉，看不到半個足跡。

穆方看看左右無人，掐指結印，開了靈目。

靈目剛剛開啟，就隱約聽得林中有呼喝之聲。

「喝！哈！嘿！」

穆方一怔。

毫無疑問，這動靜是靈弄出來的。只是之前不管幽魂還是怨靈，都是安安靜靜的，這麼吵鬧的以前可是從沒有碰見過。

而且聽聲音，明顯不止一個兩個。

該不是惡靈吧……

穆方壯著膽子，小心翼翼地向樹林深處摸去。

從一棵棵榆樹間穿過，前方出現一塊不大不小的空地，三個幽魂正在那紮著馬步，哼哼哈兮地打拳。

歐陽龍：九年幽魂，男，凍死，卒年三十三歲。

展虎：九年幽魂，男，凍死，卒年二十五歲。

丁寶：九年幽魂，男，凍死，卒年十九歲。

死了九年，比劉素珍晚了好些年，說不定都沒見過。但如果劉素珍真在這樹林，他們肯定是知道的。

只是……

望著那三人，穆方心中陣陣無語。

一般情況下，魂靈的穿著樣貌都會維持在死前的樣子，眼前那三個幽魂，光著上身赤著腳，渾身上下除了一條四角褲外別無他物。

如果是夏天還好說，可既然死因是凍死……

大冬天穿著這樣在外面晃，凍不死的人好像應該是少數。

穆方的第一印象，就是覺得這三個幽魂腦子不正常，但不正常的幽魂，總比怨靈要安全。抱著這種念頭，穆方從樹後閃身出來。

「三位大哥，你們好呀。」

穆方話音未落，那三個幽魂幾乎同時轉過頭來，身子更是一陣風似地飄到近前，呈品字將穆方圍在當中。

「三弟，你的輕功又有長進了。」

「大哥言重了，二哥才更勝一籌。」

「哪裡哪裡，三弟不可妄自菲薄……」

三個幽魂一對話，穆方傻了。

資訊沒錯啊，才死了九年，不是古代人啊，怎麼說話都這個調調？而且哪來的輕功啊，是靈都會飄好不好。

「呔！」身材最壯實的歐陽龍大聲喝道：「你是何人，為何偷窺我三兄弟在此練武！」

「這位大哥……不是，大俠！」穆方越發確認眼前這幾個幽魂腦子有問題，小心翼翼地斟酌著詞句。

「我等非俠，乃是龍虎豹三兄弟。」歐陽龍摸了下光禿禿的腦袋，道：「叫我龍哥即可。這兩位是我的義弟，可稱虎哥，豹哥。」

「呃，好。」穆方起了一身雞皮疙瘩。

你媽，還龍虎豹，真該找精神病院收留你們。

穆方強忍著不適問道：「我是想向三位大哥打聽一個人……」

個子瘦高的展虎朗聲道：「我三兄弟不做人已有九年有餘，什麼人都不認識。」

穆方咽了口唾沫，學著展虎的口吻道：「是小生錯了。小生是找一老婦人魂靈，姓劉名素珍，不知龍哥、虎哥、豹哥可曾知曉？」

年紀最小，身材跟排骨一樣的丁寶一仰脖子：「不曾見過。」

「如此，打攪了。」穆方不由得鬆了一口氣。

和這三幽魂說話太累了，他們什麼都不知道最好。

可穆方沒等走，就被老大歐陽龍給攔住了。

「且慢！」

「龍哥有何吩咐？」穆方小心問道。

歐陽龍一聲嘆息，幽幽道：「不瞞小哥，我兄弟三人練武多年，九年前來此樹林，欲以冬夜之寒淬鍊體魄，卻不慎走火入魔身亡。如今功夫練成，卻無對手，心中不甘。」

歐陽龍自顧自地感嘆，展虎、丁寶也在一邊唏噓，穆方則又是一陣惡寒。

「願龍哥、虎哥、豹哥早日找到對手，了卻塵世心願。」

穆方捏著鼻子說完又想跑，可又被展虎攔住了。

「對手已然有了！」

看著龍虎豹放光的眼睛，穆方突然產生了一種很不好的預感。

「三位大哥，你們……」

「兄弟！」歐陽龍一臉誠懇道：「我們三人在這裡很多年了，碰見個人不容易。」

展虎接口道：「其實我們的願望很簡單，就是找人打一架，用用學到的功夫就行了。」

丁寶更是直接：「難得今天遇見你。」

「停！」穆方向後退了一步，強笑道：「你們三位對練不就行了，我又不會功夫。」

歐陽龍搖頭：「我們兄弟情深，難下狠手。」

我操，對我就能下狠手是吧。

穆方想往左邊跑，迎面撞到了展虎。

「兄弟，拜託了。」

再往右邊一扭頭，丁寶當面一抱拳。

「請承讓！」

穆方表情一陣抽搐，突然亮了一個黃飛鴻的架勢。

「打就打，來！」

龍虎豹三兄弟大喜，也連忙拉開架勢。

「好，看我羅漢拳！」

「還有我虎鶴雙形！」

「十二路譚腿！」

穆方二目一瞪，兩手結印：

「靈目，封！」

靈目一閉，除了濃密的樹林之外，再也不見龍虎豹三兄弟的蹤影。

「拳腿你老師，你們三個神經病自己玩去吧。」

穆方啐了口唾沫，轉身揚長而去。

09

二十年的執念

又是旅途顛簸又是神經病幽魂，穆方在石頭村和下關鎮這一圈下來折騰得夠嗆，不過也不算白忙，至少得到了榆樹的線索。等穆方回到市裡找宋逸來一問，他還真又想起一個地方。

在市區的某個街心公園，就有一棵大榆樹，宋逸來小時候跟劉素珍去那玩過。那個時候宋逸來也就是六、七歲，要是不刻意提及榆樹什麼的，他還真想不起來。

穆方原本雖然有所期待，但也沒抱太大希望，可等到街心公園開了靈目，那真是樂得嘴都合不上了。

在公園的一角，聳立著一棵高大的榆樹，榆樹下面，站著一個頭髮花白的老婆婆，手裡好像捧著什麼，正在那翹首仰望著。

劉素珍：二十年幽魂，女，病故，卒年六十三歲。

哈哈，總算找著了！

「宋奶奶，您好啊。」穆方一溜煙跑了過去。

劉素珍轉過頭，一臉的和藹：「小朋友，你叫我？」

「宋奶奶您好。」穆方眼中難掩喜色：「我是一名郵差，是來給您送信的。」

「都多少年了，沒想到還會有人給我老太婆送信。」劉素珍笑呵呵道：「是誰啊？」

「嘿嘿，您看了就知道了。」穆方剛想掏信，這才恍然想起那封信在自己的識海當中。

老薛好像教過怎麼取，該怎麼做來著？

穆方一邊努力回憶，一邊隨口問道：「宋奶奶，您老人家這麼多年不入輪迴，是為什麼啊？」

嘿，想起來了。

穆方五指虛張，一團靈力在掌心凝結，漸漸形成信封模樣。

「也沒什麼事，就是……」而在這時，劉素珍也開口了。

聽著劉素珍把話說完，穆方正在凝聚靈力的手掌頓住了，臉上也多了幾分愕然。

再細問幾句，看著劉素珍手上的東西，穆方凝聚的靈力徹底消散，靜靜地站在那裡默然不語。

二十年，整整二十年！

劉素珍逝世當天，在黑水市和石頭村之間往返，四處尋找榆樹……那個讓她不能入輪迴投胎的執念，竟然只是這個嗎?!

之前穆方只是把劉素珍看做單純的任務對象，是父母回國、一家團圓的希望。可是現在……

「小朋友，怎麼了？」劉素珍奇怪道：「你不是來給我送信的嗎？」

「對不起，我忘記帶了。」穆方低頭致歉。

劉素珍和藹地道：「沒關係，我不急。」

「我這就回去給您拿。」穆方閉了靈目，給老薛打了電話。

「臭小子，大半夜的你跑哪去了，電話也打不通，你這老讓人操心的傢伙！」

電話一接通，老薛劈頭蓋臉就是一通臭罵。

但穆方一反常態，非但沒有辯駁搪塞，就連表情都沒有絲毫變化。

「師父，回頭您怎麼收拾我都行，但現在務必幫我一個忙。」

「你怎麼了？聽聲音感覺不大對勁啊。」老薛奇怪地問道：「幫什麼忙？」

穆方道：「解除靈的禁錮，讓他們不再有行動的限制。」

老薛大怒：「臭小子，你腦子沒事吧，那是天道法則，哪有說解除就解除的。」

穆方輕聲回道：「我找到劉素珍了，但出了一點問題。是有關她的執念……」

隨著穆方的訴說，老薛也沉默了下去。

待穆方說完，老薛才回道：「你要明白，人法地，地法天，天法道，道法自然……」

「師父，算我求你。」穆方打斷了老薛，道：「我知道您懂的多，我知道自己可能很幼稚，但我現在不想聽那些大道理。我現在只想求您幫這個忙，為一個母親的心願求您。再說她的願望又不複雜，不會出什麼事的。」

電話另一邊的老薛沉默了好久，最終幽幽嘆道：「天道規則不可逆轉，但也不是沒漏洞可鑽，只是今天你的靈目已經快不能用了吧，就算做也要等明天。你先回來，我會告訴你方法。」

「好！」穆方大喜：「我這就回去。」

另外一邊，老薛掛斷電話。

站在窗臺上的烏鴉看了看老薛，開口道：「大人，如果他真的那樣做了，劉豔紅的靈恐怕就封不住了。」

「為什麼要封住？」老薛輕笑：「你不覺得，這是考驗那小子的一個好機會嗎。而且……」

老薛兩眼望天，輕聲嘆息：「他這份執著的善念，或許正是天道所欠缺的。」

一夜無話，第二天，穆方背著一個大背包找到白燕，請白燕帶他去找宋東元。

在白燕的協助下，穆方以清潔工的身分，把東元商場的女廁掃蕩了一遍，總算是順利地把宋東元給翻了出來。

不過穆方這次對宋東元可是毫不客氣。

開了靈目，一看見宋東元，穆方二話不說，從包裡拿出鐵鍋一頭扣了上去。

被鐵鍋扣上之後，宋東元徑直被吸進了鍋裡。

老薛告訴穆方，這口鐵鍋乃是地獄之物，只要以靈力催動，便可將靈體收入其中。

如果上次穆方就知道使用方法，對付劉豔紅也不會那麼吃力。

天道法則不可逆，但可以鑽一些漏洞：將靈封印於鍋內，在另一處設下結界，便可讓靈暫時擺脫行動的禁錮。

把宋東元收了之後，趁著靈目還未關閉，穆方又到了街心公園。

和之前一樣，劉素珍還站在那棵榆樹下。

「宋奶奶。」穆方走到近前。

劉素珍回頭笑道：「是你呀。這次把信帶來了？」

穆方回道：「我不光帶了信，還帶了送信的人。」

「在哪？」劉素珍有些驚訝。

「一會您就能見到他。」穆方輕聲道：「宋奶奶，我能幫您完成您的心願。」

「我的心願？」劉素珍眼睛一亮，迫切地問道：「小朋友，你怎麼幫我？如果你能幫到，老太婆做牛做馬都會報答你。」

「宋奶奶，得罪了。」穆方拿出鐵鍋，輕輕罩在劉素珍頭頂，也將其收了進去。

走出公園，韓青青正開著車等在那裡。

本來這一次，穆方打算讓白燕換個人送他去石頭村，但韓青青知道後，非要跟著再去。

韓青青隱隱覺得，穆方身上有著太多的祕密，說不定這次去石頭村，會有什麼特別的發現。

快到晌午的時候，穆方與韓青青到了石頭村。

有了上次的經驗，韓青青擔心穆方再暈車，一路上都開得很小心。但穆方卻沒有一點抱怨，縱使看上去不舒服，也緊抿著嘴唇一聲不吭。

路上韓青青沒說話，可等到目的地下車後還是忍不住問道：「你今天到底怎麼了，好像變了個人一樣。」

穆方一聲輕嘆：「妳說，有什麼東西，能讓一個人整整二十年都站在一個地方不動一步？」

韓青青不太明白穆方的意思，模稜兩可地回道：「應該是很重要的東西吧。」

穆方又問道：「如果那樣東西，在妳看來很可笑呢？」

韓青青認真地想了下，回道：「或許在我看來很可笑，但對於那個人來說，卻是比生命還重要的東西。很多東西的價值不能從表面來衡量，關鍵在於對個人的意義。」

穆方低頭想了下，抬頭笑了：「謝謝。」

說完，穆方背著包，向村子裡走去。

「這傢伙，今天是怎麼了？」韓青青莫名其妙地嘀咕一聲，跟在穆方後面，一起進了村子。

到了石頭村，韓青青一如既往地被陳四拉住閒聊，穆方則再次偷偷跑進劉素珍以前住過的老宅。

翻牆進了宅院，穆方推開屋門，走進了裡屋。

房子裡都是農村常見的布置，土炕灶臺什麼的，灶臺旁邊，甚至還堆放著柴禾。

穆方取出四個燭臺，分別放置到房屋的四個角落，接著站到中間雙手結印。

「木火金水，四靈封印……結界，出！」

呼呼聲響，四根蠟燭的燭芯同時自燃，屋裡也閃亮了一下，但隨即就恢復正常，好像什麼都沒有發生。

而後，穆方這才又開了靈目。

靈目之下，屋中景象截然不同。

四座燭臺為根，放出的燭光呈顯立柱虛影，上面分別盤繞著青龍、白虎、朱雀、玄武四大靈獸。四根立柱之間反射著薄薄光膜，形成了一個精巧的結界。

四靈結界，可封天地。

穆方身為三界郵差，只要他碰觸的事物，都能被靈看到，可要是想讓靈體接觸甚至使用，就只能藉助四靈結界這類特殊手段了。

當然，穆方施展的並不是真正的四靈結界，而是老薛送給穆方的簡易版。蠟燭燃盡，結界便會消失。

又查看了下結界，穆方取出鐵鍋，鍋口向下，敲了兩敲。

一道白芒飄出，劉素珍的身形顯現。

劉素珍雙手似乎是緊緊捂著什麼東西，剛想說什麼，四下一看，不由得一愣。

「這裡……」

「宋奶奶。」穆方拿出一些東西擺放到灶臺上，對劉素珍道：「這些也應該是您需要的東西吧。」

劉素珍疑惑地探頭看了一眼，眼睛一下就亮了。

食鹽、食用油、小麥粉、玉米粉……

四靈結界之內，萬物皆可成靈，皆可為靈所用，但若離開結界，或者結界消失，靈體便又會無法再接觸塵世之物。

「這，這……小朋友，太謝謝你了！」劉素珍激動莫名，緊捂著的手掌也打開了。一對粗糙的手掌上，是滿滿一捧榆錢。

穆方又道：「不知道這些夠不夠您用，如果不夠的話，我再去找。」

「夠夠，夠了……」劉素珍老淚縱橫：「我真不知道該怎麼感謝你才好。」

穆方笑了笑：「宋奶奶，您要是想謝我，就趕緊動手，讓我也嘗嘗。」

「好好好，我這就去。」劉素珍擦了擦淚，小心翼翼地把榆錢放好，然後輕車熟路地從廚房裡找出工具，開始忙碌起來。

穆方走到裡屋，再度將鐵鍋一翻，宋東元從裡面掉了出來。

不過這一次穆方的動作，可是粗暴很多，宋東元哎呦一聲，直接坐到了地上。

「你幹什麼啊？」宋東元哼哼唧唧地站起來，四下一看，不由得愣住了。「這不是我老家嗎？我怎麼來這了……」

穆方從識海中取出宋東元那封信，問道：「我問你，你這封信裡寫了什麼？」

「就是要給我母親的話啊。」宋東元雖然奇怪，但還是回道：「直到我也住進醫院，才知道我足足讓她受了兩年的罪，所以想向她老人家道歉，讓她能放下對我的怨念，早日投胎……」

「啪！」穆方揚手就給了宋東元一個巴掌。

宋東元被打懵了：「你打我做什麼？」

「這一巴掌是替你母親打你的。」穆方道：「她肯定是捨不得動手，所以就由我來！」

「我怎麼了我？」宋東元委屈道：「我知道我當年做得不對，可現在我不是都認錯了嗎，要不然我寫信幹嘛。」

「你跟我過來！」穆方過去抓住宋東元的手臂，到裡屋門口指著外面低聲道：「你看那是誰？」

宋東元探頭看了看，剛要驚呼出聲，但又被穆方捂住嘴，抓了回來。

「你做什麼，我要見我媽。」宋東元急了。

「你還有臉見你媽？如果不是看在你母親的面上，我一鍋敲死你！」穆方罵道：「你仔細想想，你母親臨死那天，你都說了什麼？」

「說了什麼？」宋東元努力回憶了下，搖頭道：「那天我光哭了，都不知道自己喊了什麼。」

穆方恨恨道：「你不知道，我告訴你。在你母親咽氣的最後一刻，你哭嚎著大喊，『再也吃不到媽做的榆錢餅了』。」

「有嗎？」宋東元撓了撓光禿禿的大腦袋：「我的確是從小就愛吃母親做的榆錢餅，可能是下意識喊的。」

梆的一聲，穆方又給了宋東元一個大栗爆。

「你怎麼又打我！」宋東元捂著腦袋。

穆方低聲斥道：「就因為你這一句話，你媽才在榆樹底下整整站了二十年，你知道不知道！」

「啊？」宋東元一愣。

穆方嘆了口氣，幽幽道：「因為你這一句話，你娘死後做的第一件事，就是回了石頭村，想去老家的榆樹上給你摘榆錢做榆錢餅。但她發現那棵樹死了，又四處遊蕩，最後在街心公園找到了一棵活著的榆樹。

「為了能撿到靈物化的榆錢，為了那萬分之一的機率……整整二十年，她站在樹下一動不動。你知道她最後收集了多少嗎？」

穆方攤開手掌：「就這麼一捧，二十年收集了這麼一捧，只為了你那句話！」

宋東元完全呆住了，嘴唇哆嗦著，喃喃道：「媽，媽妳為什麼這麼傻……」

「對，就你媽傻，你不傻！」穆方問道：「宋大老闆，能不能請你告訴我，你的執念又是什麼？」

「我？」宋東元一呆。

他想說是惦記死去的娘，可如果真的是，他又怎麼會在商場？說到底，他宋東元最放不下的，還是他的集團，他的生意！

「我、我不是人，我是混蛋！」宋東元輪起巴掌，狠狠地抽著自己的嘴巴。

「傻孩子，你這是做什麼？」

不知道何時，劉素珍也走進屋裡，手裡端著盤子，衝過去攔住宋東元的手。

「媽……」宋東元再也無法抑制，抱住劉素珍的腿大哭起來。

劉素珍也是老眼含淚。「好孩子，沒想到媽還有再見到你的一天。」

「媽啊，我的媽媽，這是為什麼啊！」宋東元大哭道：「您在病床上躺了兩年，我讓您整整受了兩年的罪啊……直到現在我才知道，您那時候是生不如死啊……兒子不孝，您打我吧！」

「我的傻兒子。」劉素珍輕撫著宋東元的頭，眼中盡是慈愛的目光：「那個時候媽身上是不舒服，但心裡高興。知道你是捨不得媽，才想救媽，媽又怎會怪你？」

劉素珍愛憐地替泣不成聲的宋東元抹去眼淚，慢慢地從盤子上拿起一張小巧的榆錢餅，言語中充滿著愧疚：「這是媽最後一次給你做餅了。都怪媽太沒用，找到的榆錢不多，所以餅小了……」

「媽……」看著那小巧的榆錢餅，宋東元的淚水止不住地往外流：「我就說了那麼一句話，可您……那是二十年啊，無根無萍的二十年……」

同樣身為靈體的宋東元，比穆方更清楚二十年對一個靈的意義。

留在世間，對靈並不是享受，那是一種難以言明的煎熬。沒有任何消遣和活動，只有無盡的孤寂和冷漠。

他宋東元的執念之地有一個商場，堂堂一個大老闆都無聊到去逛女廁所，可為了他的一句話，他的母親竟然就那樣在樹下站了二十年。

「東元啊。」劉素珍溫柔地笑著：「你也是做父親的，應該能明白為人父母的心思。那是你向媽提的最後一個願望，別說二十年，就算再熬上一輩子，媽也是心甘的。好了，餅快涼了，趕緊吃吧。」

宋東元早已是泣不成聲，大口地吞咽著，哪怕一點碎屑掉到地上都要撿起來。他知道，現在他吃的不僅僅是一張餅，而是母親對兒子的一份愛。

看著宋東元一口口將榆錢餅吃下，劉素珍臉上浮現出幸福的笑意。

穆方在一邊看著劉素珍宋東元母子，眼睛也紅紅的，緊咬著嘴唇。

兒一願，娘一生，自己的父母又何嘗不是如此？

自己也該好好想一想，父母真正在乎的是什麼了。自己現在這個頹廢樣子，絕對不是他們想看到的……

突然，一股異樣的能量波動在房間內湧出，一個小小的螺旋狀黑洞，漸漸擴大。

眼睛紅紅的穆方先是一怔，隨後眼中閃過一抹恍然。

是輪迴之門。

黃泉之門進靈界，輪迴之門入輪迴。

宋東元吃了榆錢餅，劉素珍心願已了，輪迴之門自然會出現。

在輪迴之門出現的同時，一道青光也從穆方天靈蓋射出，直貫天地。

遠在市區的老薛身形劇震，跑出房屋看向穆方所處的方向。

「天道之引？」老薛眼中盡是驚駭。

僅僅是第一個任務，竟然就觸動天道規則了？

這個小子……

而穆方那邊，輪迴之門出現，劉素珍和宋東元互相看了看。

宋東元擦了擦眼淚，站起身道：「媽，您該上路了。」

劉素珍緊緊抓著宋東元的手：「你不跟媽一起嗎？」

宋東元羞愧地低下了頭：「我的執念，還在……」

「宋大老闆。」穆方抬起手：「你看這個。」

宋東元回頭一看，只見穆方手裡拿著他那封信。但是現在，那封信正在徐徐消失。

「這！」宋東元一臉愕然。

「慈母之心在前，心中諸念皆滅。這封信你不再需要，你的執念也早已煙消雲散了。」穆方道：「宋老闆，你可以與你母親一道，入輪迴投胎轉世了。」

郵差無法中斷送信任務，但客戶主動取消不在限制之內。

任務取消，天道便不會再告訴穆方黃金所在，但是，穆方並沒有懊悔的情緒。

自己只要努力，終有和父母團聚的一天，可是劉素珍和宋東元母子，只有現在這短短的一刻。

「大人！」宋東元撲通一聲跪倒在地：「宋東元這輩子欠您的，下輩子做牛做馬也一定要報答您的恩情。」

劉素珍似乎也要下跪，穆方連忙上前扶住：「我只是個郵差，不是什麼大人。你們快去吧，輪迴之門不會開啟太久。」

宋東元遲疑了下，問道：「那您的報酬？」

穆方一翻白眼：「你就別哪壺不開提哪壺了好不好，趕緊投胎，少在這讓我心煩。」

宋東元的信件消失，穆方這次送信任務顯然就是失敗了，報酬什麼的更是無從談起。不提還好，提起來穆方就是一陣鬱悶。

宋東元笑了笑：「我不知道您那有什麼規矩，但我埋的黃金，就在這房子的灶臺地下。」

穆方眼睛一亮，咳嗽了下，言不由衷道：「無功不受祿。」

「您幫我了我們母子這麼多，哪能是無功不受祿。」劉素珍不由分說道：「這事我做主了，不管東元在灶臺下面埋了什麼，都是您的。」

在穆方的注視下，宋東元攙著劉素珍，步入輪迴之門。

就在這時，鐵鍋好像被來自輪迴之門的能量衝擊了一下，猛地彈到了院子裡。

穆方側頭看了一眼，也沒在意，更沒有注意到一縷青光從鐵鍋中飄出，飛進了陳四的院子。

待輪迴之門消失，穆方轉身返回灶臺前面。

劉素珍的老宅地面是黃土，沒有磚瓦，穆方從旁邊抄起火鏟，在灶臺下面挖了起來。

過了一會，只聽叮的一聲，好像鏟到什麼東西。

穆方更興奮了，連挖數下之後，隱約出現一個鐵環。

丟下鏟子，穆方扯住那個鐵環，費了老大的力氣才把東西拽了出來。

那是一個長方形的鐵盒子，鎖已經壞掉，蓋子虛掩著。

穆方深吸了幾口氣，小心翼翼地將盒子打開……

金光閃耀，盒子裡滿是黃澄澄的金條，光彩奪目。

穆方原以為看到黃金，會讓自己欣喜若狂，可是現在，他內心卻出奇地平靜。與劉素珍的慈母之心相比，這些黃金又算得了什麼？

不過，有了這些黃金，就能還清欠款，父母也就能回國了。

穆方正在那看著黃金發呆，突然發現門口不知何時多了一個人，頓時一驚。再一細看，發現是韓青青，才算是鬆了一口氣。

「原來是妳啊，差點沒嚇死我。」穆方乾笑了兩聲。

韓青青並沒有動。

穆方有些不好意思地撓了撓頭，開口道：「我這可不是偷東西，這是宋先生給的報酬。不信的話，回去妳問白小姐。」

「果然是你！」韓青青臉色鐵青，咬牙切齒道：「為了幾個臭錢，就拆散我和逸來！」

「韓大小姐，妳在說啥？什麼『拆散我和逸來』啊？」穆方奇怪道：「還有，妳聲音怎麼好像也變了？」

「我殺了你！」韓青青突然一聲大吼，猛地朝穆方撲了過來。

穆方一激靈，嘩啦一下把手裡的金條撒了一地。而韓青青也砰的一聲，撞到了四靈結界上。

此時穆方靈目已閉，只看到燭臺的火苗抖了一下，空氣中霞光一閃而逝，韓青青倒飛了出去，重重地跌落在院落當中。

「妳沒事吧？」穆方慌忙起身：「四靈結界還沒有關閉呢，妳這樣亂闖……呃！」

穆方突然一愣。

四靈結界主要是針對靈體，眼前這個殘缺版更是對人沒有絲毫作用，韓青青一個凡人，怎麼會被彈出去？

不對，有古怪！

這時，韓青青又從地上站了起來，瞪著血紅的眼睛盯著穆方，喉嚨中呼呼作響。

「靈目，開！」

穆方掐著結印，開了靈目。

院落之中，韓青青身上似乎帶上了些許幻影。一會是韓青青，一會又是另外一張面孔，彼此互換不停。

而穆方腦海之中，也浮現出了一組資訊。

劉豔紅：九年怨靈，三日惡靈，女，墜亡，卒年二十八歲。通靈境後期。

「我靠，豔紅姐姐！」

看著對自己齜牙咧嘴的劉豔紅，穆方眼睛瞪得跟牛一樣。

怎麼會是她？而且還成了惡靈，通靈境後期……

我不是已經把她送入黃泉之門了嗎？怎麼靈界沒去成，反倒上了韓青青的身？

而且師父明明說過，除施展術法、請靈上身之外，靈基本是不可能主動上人身的。

這劉豔紅是怎麼做到的？這太不合理了！

穆方正犯嘀咕，劉豔紅吼了一聲，又撲了過來，不過也再次被結界格擋。

穆方嚇了一跳，下意識地把鐵鍋拿了起來，但在發現劉豔紅進不來後，頓時就淡定了許多。

「好妳個劉豔紅啊，好好的靈界不去，又回來找打是不是？妳來啊，妳過來啊！」

穆方又蹦又跳地在那挑釁，但就是不走出結界範圍。

別看上次穆方拿著鐵鍋打得挺開心，但這次可沒那個膽子衝出去。

之前穆方接觸的不論是幽魂還是怨靈，都沒有看到過對方的靈力修為，但那並不是穆方的靈目看不透，而是對方的靈力沒那麼強。只有靈力達到通靈境的程度，他的腦海當中才會有所感應。

劉豔紅現在是通靈境後期，穆方才堪堪通靈境入門，按照老薛的話說，那就是高中生和幼稚園大班的較量，完全不是同個等級的對手。別說拿鐵鍋了，就算拿菜刀也不一定打得贏。

見穆方只在那挑釁不出來，劉豔紅更是惱怒，控制著韓青青的身體不斷撞擊著結界。

因為連續的撲擊，韓青青的衣服被結界擦破了不少口子，連裡面的內衣都露了出來，春光乍現。

「喂喂。」穆方咳嗽了聲，教訓道：「妳發瘋不要緊，但不能讓別人走光啊。水準，注意水準。」

嘴上這麼說著，但他眼睛還是忍不住偷瞟了兩眼。

不行，現在可不是發花痴的時候，得想辦法。

而穆方能想到的辦法只有一個——打電話給師父。

「師父，出大事了！」穆方撥通電話就哀嚎道：「劉豔紅那女人沒去靈界，還變成惡靈上了韓青青的身，您快告訴我怎麼辦啊！」

「這不奇怪。」老薛語氣淡然：「劉豔紅是自殺，自殺的人會被靈界排斥而無法進入。但在黃泉之門的作用下，出於求生的本能，劉豔紅遁入鐵鍋沉睡，而輪迴之門開啟的波動，又會將她喚醒。那個韓青青是極陰之體，被上身也是正常。」

穆方眨了眨眼，恍然道：「您都知道啊？」

「我還知道，你這臭小子麻煩大了。」老薛的聲音頗有幾分幸災樂禍：「韓青青不會有事，但只要四靈結界消失，你十有八九要被劉豔紅掐死。」

「靠，有你這麼當師父的嗎！」穆方怒道：「你之前明明就知道，不早下手除靈就算了，竟然連說都不跟我說一聲，存心想玩死我啊！」

老薛哼道：「這是讓你知道不守規矩的教訓，免得下次真出點什麼樓子，我想救都救不了你。」

穆方看了一眼還在結界外張牙舞爪的韓青青，咽了口唾沫，賠笑道：「師父，這麼說您還是沒打算放棄我呀。」

「那要看你自己了。」老薛道：「那口鐵鍋可以把劉豔紅收進去。」

「對啊！」穆方一拍腦袋：「我怎麼把這點給忘了！」

「我話還沒說完。」老薛繼續道：「你的靈力與劉豔紅相差太多，就算收進去也困不了她多長時間。要是想徹底封住她，必須煉掉她的靈力。」

穆方忙問：「怎麼煉？」

「用金水！」老薛道：「將惡靈置於鍋內，以金水為油，四靈燭臺為火，鎮靈咒為引，煉其靈力。」

「燭臺這有，鎮靈咒我也會，可問題是上哪弄金水？」穆方哭喪著臉，目光下意識地轉到那堆金條上，頓時恍然。

「靠！」穆方就跟炸了毛的公雞似的，猛地跳了起來：「你的意思是讓我熔掉黃金？那可是我辛苦賺來的！」

「那你就等死吧。」老薛毫不猶豫地掛斷了電話。

「我操……」聽著電話裡的嘟嘟忙音，目光在燭臺和黃金之間來回徘徊，穆方滿臉糾結。

對他來說，這些黃金的意義不僅僅是錢，更是父母回國的希望。有了這些黃金，他們就不用繼續在國外奔波，一家人就可以團聚。

他之前因為劉素珍才變相放棄報酬，可現在劉素珍已入輪迴，黃金失而復得，哪裡能輕言放棄！

媽的，不就是差了三個段位嗎？

俗人

老子拚了！

10

白玉碎片

穆方正在那發狠，院子外面突然傳來一個稚嫩的童聲。

「青青姐姐，妳這麼跑到這來了？爺爺找妳老半天了……」

阿牛?!

穆方臉色一變。

韓青青和穆方是中午左右到的，石頭村的人自然要準備午飯。一群人忙忙碌碌，誰也沒注意韓青青什麼時候不見了。好幾個人都出去找，但沒人注意隔壁上鎖的老宅，除了阿牛。

阿牛穿著厚厚的棉襖騎在牆頭上，脖子上掛著他那把玩具槍，好奇地看著韓青青。

或者說……看著劉豔紅。

劉豔紅側頭看了一眼阿牛，又看了看結界裡的穆方，面孔上露出一抹獰笑。

穆方心裡一寒，嘴上故意哈哈大笑：「臭婆娘，妳來啊，怎麼不撞了，繼續啊！」

通常情況下，靈體可以和人類接觸的必要條件有兩個：第一，通靈境後期；第二，和被接觸人有某種聯繫。

劉豔紅的靈力自不必說，而她利用韓青青的身體，這也無疑相當於滿足了第二個條件。

劉豔紅緩步後移，轉身走向阿牛。

阿牛還一臉奇怪：「青青姐姐，妳樣子好奇怪啊，衣服怎麼都破掉了呢？」

「不許動他！」穆方急了，毫不猶豫地從結界衝出，一把抄起地上的鐵鍋。

「你總算出來了！」劉豔紅猛然轉身，迎著穆方就撲了過來。

劉豔紅操控著韓青青的身體，速度極快，宛如一頭暴起的野獸。

穆方急忙將鐵鍋橫在胸前。

噹的一聲，穆方眼前金星亂冒，一屁股坐到了地上。

劉豔紅身子也晃了晃，但很快無礙，不由得怪笑道：「這次你的破鍋不管用了吧，哈哈哈！」

阿牛也是嚇得不輕，從牆頭上掉了下來。不過這一次沒人給他做肉墊，小胖子摔得哇哇大哭。

這一哭，頓時驚動了旁邊院裡的大人們，紛紛過來察看。

陳四大罵：「阿牛，說你不聽是不是，又敢爬牆！」

也有眼尖的人看到院子裡的情況，議論紛紛。

「他們怎麼了？」

「好像在打架……」

陳四打開宋家的老宅院門，一群村民跟著湧了進來。

「你們這是……」陳四跑過去扶起阿牛，神色狐疑。

劉豔紅瞪著眼睛掃視眾村民，冷聲道：「這事跟你們沒關係，都給我滾遠點！」

陳四等人一愣，全都被罵懵了。在他們的印象中，韓青青一直是個很溫柔很和藹的小女生，可今天這是怎麼了？

陳四看了看韓青青那凌亂的衣服，腦中突然閃過一道光亮，臉紅脖子粗地對穆方大罵：「小兔崽子，你對青青做什麼了！」

其他村民反應了過來，神色也不善起來。

「好啊，年紀不大，膽子倒不小！」

「別攔著我，我非揍死這個小流氓……」

這會兒穆方剛緩過神，就看到一群激憤莫名的村民瞪著自己，頓時滿頭霧水。

幹嘛啊，怎麼一個個都這麼深仇大恨的模樣？

再一細聽，穆方聽明白了，頓時是哭笑不得。

真他奶奶的，我這跟惡靈玩命呢，倒成了你們眼裡的色狼。難不成我命裡註定就是流氓痞子嗎，不管到哪兒都被人這麼認定……

這時，一個男子可能是想表現下，走到韓青青身前：「青青別怕，有我在。」

穆方一驚，急吼道：「小心，離她遠點！」

那男子眼睛一瞪，剛想說點什麼，耳邊就傳來一聲低吼：「滾！」

隨後男子就感覺身子一輕，被劉豔紅抓著衣領扔了出去，摔了個鼻青臉腫。

本來還有幾個要過來，一看這情形都不敢動了，心裡更是忿忿。

我們是幫妳的，妳怎麼還打人呢？只是這力氣未免也太大了吧？

村民們哪裡知道，惡靈雖然還有神智，但脾氣極為狂躁，才不管你是不是護花使者，只要看了礙眼就毫不猶豫地揍。

穆方拎著鍋站起來，大聲道：「韓青青是被惡靈上身，不想死的都快點閃開！」

這話一出口，村民們轟一下往後退了好幾步。

要是在其他地方或許還有人不屑，可在石頭村這種地方，人們還是比較傾向於相信那些東西的。更何況剛才大家也親眼看到韓青青扔飛那男子，簡直就跟扔小雞似的。別說一個女人，就算一個大男人也不可能做到。

陳四戰戰兢兢道：「青青怎麼會……」

穆方叫道：「回頭再跟你們解釋，現在趕緊都出去，把門鎖上。」

隨著穆方的喊聲，村民們又一窩蜂地跑了出去。劉豔紅對這一切視若無睹，只在那冷笑地盯著穆方。

「小混蛋，準備好受死了嗎？」劉豔紅似乎想享受一下貓捉老鼠的感覺，並不急於對穆方下手。

「劉豔紅，妳不要覺得做惡靈好玩。」穆方沉聲道：「惡靈怨氣纏身，暴躁癲狂，時日短還好，若是長了，難免無法自控犯下大錯。倘若驚動靈界鐵捕，必被打入地獄不得超生。」

劉豔紅一聲嗤笑：「呵呵，地獄什麼樣子你見過嗎？」

「這個……」穆方有些語塞。

這些話都是老薛說過的，地獄具體是什麼樣子，穆方還真不知道。

劉豔紅又是慘然一笑：「得不到逸來，何處不是地獄？若是註定要下地獄，我又何必顧忌什麼？」

劉豔紅的聲音越發陰沉：「你是第一個，然後就是宋逸來那個負心人，還有其他讓我討厭的人……」

「那妳就先放倒我再說！」穆方舉著鐵鍋快步衝出，劈頭蓋臉地砸了下去。

劉豔紅不屑地一抬手。

砰的一聲，鐵鍋和手掌狠狠地碰在一起。劉豔紅紋絲不動，穆方卻被震退了三五步，雙臂更是一陣劇烈地顫抖，險些把鐵鍋扔出去。

「你打完了？該我了！」劉豔紅身子向前一飄，雙手掃向穆方。

穆方奮力將鐵鍋擋在胸前。

錚的一聲，劉豔紅僅僅是雙手一抓，鐵鍋上就火星四濺。刺耳的金屬蜂鳴聲，以及那一抓的強大勁力，讓穆方差點沒吐出點什麼，又噔噔噔地後退數步。

單純比較身體能力的話，通靈境後期堪比世界頂級格鬥家，穆方就算有心拚命，也無異於蜉蝣撼大樹。

「哈哈哈哈！」劉豔紅縱聲狂笑：「這就是你妨礙我的代價，就是你拆散我和逸來的代價！」

看著那扭曲到極點的面孔，穆方心中萬分糾結。

等級相差太多了，現在的自己還遠不是劉豔紅的對手。而且這麼拖下去的話，怕是被其附身的韓青青也會有危險。

「既然如此……」穆方緩緩將鐵鍋翻轉過來，一臉痛苦道：「我本不想這麼做的，是真的不想。」

「輪不到你同情我！」劉豔紅一聲怒吼，向穆方猛撲過來！

「誰他媽同情妳了，老子是心疼自己的錢！」穆方也大吼著迎了上去。

不過這一次，穆方是鐵鍋的鍋口朝前，掌中靈力凝聚。

「嗡！」

伴隨著一陣蜂鳴，一道流光從韓青青身體中脫出，被吸入鐵鍋。而韓青青的身體，也無骨一般軟趴趴地倒了下去。

穆方啐了口唾沫：「媽的，看妳還猖狂……哎呦！」

話未待出口，鐵鍋之中忽地傳出一陣淒厲的咆哮，鍋身更是呼地飛起，正砸到穆方的腦門上。

接著，就看到那鐵鍋好像活過來一般，在院子裡咻咻亂竄。

一些村民剛剛爬上牆頭，想偷看一下，看到這般場面，頓時又都媽呀一聲縮了回去。

穆方捂著腦門大叫：「快來幾個人，幫我按住那口鐵鍋！」

多數村民不敢動，但還是有幾個膽大的年輕人跳下牆頭，四處追著那口鐵鍋在院子裡跑。其他村民看沒什麼危險，也陸續加入了進來。

「他二叔，你從前面堵住！」

「三弟，去拿棍子，絆它！哎呦，讓你絆鍋不是絆我！」

不一會，院子裡十幾號人亂哄哄地追著一口鐵鍋，動不動就摔得人仰馬翻。

穆方在一旁急得直跳腳：「又不是抓老母豬配種，拿棍子有個屁用。壓住，直接壓住！」

終於，眾人用疊羅漢的方法，把那口鐵鍋死死地壓在了下面。

不過劉豔紅依然在鍋裡掙扎著，村民被頂得一晃一晃，最上面的動不動就被震下來，但很快又有其他人遞補上。

「好，就這樣，堅持住。」

穆方揉著發懵的腦袋，回到屋裡收了四靈結界，將還未燃盡的燭臺收在懷裡。等走到裝黃金的鐵盒子前面時，穆方表情又一陣痛苦，看那樣子真是要哭出來了。

但聽到外面亂哄哄的動靜，穆方還是一狠心，閉著眼把鐵盒子從屋裡拖了出來。

自己才開始當郵差，天底下也不只宋東元這麼一隻肥羊。父母還要幾個月才回國，自己還有時間，只要以後送信小心點，用不了幾次就能把錢再賺回來，可要是真死在劉豔紅手裡，就什麼都沒了。

穆方先將一支四靈燭臺擺在身前，而後雙手結印。

「天地無極分陰陽，乾坤借法化五行，神兵火急如律令，鎮靈！」

穆方劍指點觸燭芯，靈目之中精光一閃，燭臺猛地燃燒起來。

與此同時，鐵鍋好像得到了什麼召喚，呼地拔地而起，將一眾青壯頂得七零八落。

鐵鍋在空中滴溜溜轉了幾轉，最後飛到穆方面前，懸空於燭臺之上。

「你這王八蛋，你想做什麼！」劉豔紅的怒吼聲從鍋中傳出。

「還能做什麼，給妳洗澡。」穆方從盒子裡拿起一根金條，戀戀不捨地摸了又摸，最後兩眼一閉，將金條扔到鍋中。

金條觸鍋即化，劉豔紅更是驚怒：「你敢用鍋煮我！」

「煮在妳身，痛在我心……」穆方又一臉心痛地丟下一根金條。

劉豔紅叫了一聲，有些奇怪道：「你究竟在做什麼？為什麼我感覺不到痛？」

穆方哭喪著臉道：「廢話，妳的靈力都是從怨氣中生成，煉靈力就是煉化怨氣，當然不疼了。」

劉豔紅驚怒道：「你敢煉我的靈力？住手，快住手！」

「妳叫什麼，妳又不疼。」穆方又顫抖著拿起兩根金條丟到鍋內，眼淚一下流出來了：「痛的是我啊，痛死我了……」

痛哭流涕的穆方並沒有注意到，在院子裡的那棵死去的榆樹上，不知何時站了一隻烏鴉。烏鴉眼中滿是人性化的戲謔目光，正饒有興致地望著他。

金水沸騰不息，一道紅芒於其中遊走。穆方一把鼻涕一把淚地往鍋裡扔著金條，煉化劉豔紅的靈力，村民們一個個呆愣愣地看著，眼中盡是崇拜的小星星。

搞了半天，這名少年是一位能通靈的大師，高人啊！

鐵鍋懸空，金水除靈。

這真是太帥了！

只是村民們有一點不太能理解，穆大師為什麼哭呢？

陳四小心翼翼地往前湊了湊，恭恭敬敬道：「大師……」

穆方擦了擦眼淚，沒好氣道：「大什麼師，沒看我在忙嗎！」

「噢，對不起。」陳四誠惶誠恐道：「我是看您哭得厲害，怕您有什麼需要，這才……」

「我哭了嗎？你哪隻眼睛看我哭了？」穆方抽了抽鼻子，又拿起一根金條，哭喪著臉道：「我這是除魔衛道，高興都來不及了。」

難為耳背的陳四竟然聽清楚了，恍然道：「噢，那您是喜極而泣了。」

「我……」穆方差點把手裡的金條砸過去。

穆方緩了緩，嘆道：「陳爺爺，您要實在閒得慌，就找幾個人趕緊把青青扶到屋裡去，弄碗薑湯給她暖暖身子。別惡靈沒把她怎麼了，反而被天氣凍出病來。」

「噢，對對對，您看我這老糊塗！」陳四這才反應過來，連忙招呼幾個婦女過來把韓青青抬走。

穆方又低頭看了看那些金條，現在已經扔進去一半。但鐵鍋之中那道紅光並沒有黯淡多少，依然上躥下跳的。

奶奶的，妳還泡澡泡上癮了是不是，真是一點黃金都不想留給我啊！

穆方眼角一通狂跳，抬手似乎想做什麼，但嘆了口氣，還是放了下去。換了一個燭臺，繼續流著眼淚往鍋裡扔黃金。

樹上的烏鴉見了，不由得輕微搖了搖頭。

單純煉化惡靈，有太多激烈的手段，這小子也不是不會，可是他卻對那惡靈抱有同情之心，用如此溫和的手段。

可要是說他有一顆仁者之心，又偏偏極為在意那些俗物。一把鼻涕一把淚的，真是有失體統。

還真是被他老人家說中了，有情之人，行無情之事，真是個矛盾的傢伙。不過也許正是這樣，才能做好三界郵差，完成大人的心願吧。

隨著最後一根金條丟入鍋中，金水又沸騰了一會，紅芒終於漸漸消失。

穆方鬆了一口氣之餘更是一陣心煩。

金水和靈力相抵，全都化為虛無，現在就算想從鍋上刮點金沙下來都難。

靈力煉乾淨了，黃金也都用完了，這不是存心氣我嗎，他奶奶的。

四靈燭臺燃盡，鐵鍋也徐徐落到地面。

一團柔光閃了下，劉豔紅的虛影出現在穆方對面。這只是劉豔紅的投影，靈力煉盡，其本體仍在鐵鍋之內。

「怎麼樣？繼續來掐我啊。」穆方心道，我倒楣就倒楣在妳這個敗家女身上了。想著奚落挑釁幾句，多少也能出一出心中的鬱氣。

可沒有料到的是，劉豔紅的反應卻讓穆方差點沒一頭撞死在地上。

「我哪捨得啊……」劉豔紅扭著裙角，羞澀地低著頭。

「嚇？」穆方用力地搓了搓腮幫子，心中暗想自己不是靈力消耗過度，就是太傷心難過，要不然怎麼會產生這種幻覺？

穆方定了定神，伸手點指劉豔紅：「妳……」

「人家明白。」劉豔紅抬起頭，媚眼如絲。

穆方一激靈：「我……」

「人家懂得。」劉豔紅眉目含春，一個媚眼丟了過來。

匡！

穆方是真的一頭撞到了地上。

什麼情況？師父只說煉靈力，沒說煉腦子啊，劉豔紅怎麼還變花痴了？

「你沒事吧，摔疼了沒？」劉豔紅心疼地看著穆方：「快過來讓我瞧瞧，要不要去看醫生？」

「我看妳得去看醫生。」穆方一骨碌從地上爬起來，明知道劉豔紅出不來，但還是下意識地後退了一步。

「妳不是要殺我嗎？來啊，來掐死我！」穆方大叫。

劉豔紅幽怨地看了一眼穆方，委屈道：「人家一開始不知道你的心意嘛。現在人家知道錯了啦，你就原諒人家了啦。」

「求妳還是掐死我吧，別再『啦啦』了。」穆方更加惡寒：「什麼心意，我怎麼不知道。」

「你哭的時候我都看到了。」劉豔紅心疼地看著穆方：「我知道，你那是心疼我，但為了消除我的怨氣，你又不得不那麼做。我現在終於也知道，為什麼一開始你會打我，那是你恨鐵不成鋼，不想我繼續痴迷宋逸來，希望我有一個好的歸宿……」

槐樹上那隻烏鴉毛都炸了起來，一個勁地哆嗦。

穆方更是欲仙欲死的，直想吐血。

「姐姐，妳是惡靈啊，敬業一點好不好。」穆方帶著哭腔：「妳現在這樣，才是真嚇人呢。」

「人家又不是故意變惡靈的。」劉豔紅一臉委屈：「如果不是那個帥哥，我連怨靈都不會是呢。」

「嗯？」穆方一愣：「帥哥？什麼帥哥？」

「就是帥哥啊。」劉豔紅嘟著嘴：「到黑水見到逸來後，我就知道他已經不愛我了，也死心了。可就在我要走的時候，一個長得很好看的男人突然出現，給我了一個破掉的玉珮，叫我帶在身上，說可以讓逸來回心轉意。」

穆方皺眉想了想，問道：「那妳後來跳樓……」

「也是那帥哥出的主意啦。」劉豔紅一扭一扭地嬌嗔著：「他讓我到工地那裡，假裝要跳下去。當時我也很奇怪，不知道為什麼就迷迷糊糊地聽了他的話，結果掉了下去，才會變成怨靈。我在飄到逸來身邊前，還聽到那帥哥好像很遺憾，嫌我沒變成惡靈呢。」

穆方的眉頭都皺到了一起，腦子裡更是亂成一鍋粥。

怎麼回事？劉豔紅的死難道不是一個意外？那個長得很好看的男人又是誰？

對了，阿牛那塊玉片。

穆方突然想到，當初阿牛說那玉片是在工地撿的，還說曾經有個漂亮阿姨跳樓……

「那男人長什麼樣？破掉的玉珮又是什麼樣？」穆方急問。

「我只記得他很帥，帶著一種妖異的美感，但具體樣貌記不清了。至於玉珮，其實就是個破掉的小玉片。」劉豔紅拿手比了比，哼哼道：「那個帥哥當初還說，帶著那個玉珮，就算死了，只要奪取別人的魂魄，就能留在世間。奪取的魂魄越多，就越有機會在和愛的人在一起……」

聽著劉豔紅的陳述，穆方臉色越發陰沉。

奪取他人魂魄……這不就是慫恿劉豔紅去殺人嗎？那個男人，到底想幹什麼？

「你別臉色這麼差嘛，人家最討厭打打殺殺了，才沒有去害人，玉片都被我丟掉了。」劉豔紅給穆方拋了個媚眼。「不過那也都是往事了，不重要。重要的，是我們的將來。」

「停，豔紅姐姐，您先停停。」穆方一激靈，頓時什麼都不想了，連做了數個深呼吸，苦口婆心道：「妳想像力不要那麼豐富好不好。妳是靈，我是人，再說我們也有段年紀差距……」

「所以你想讓我快點投胎啊。」劉豔紅憧憬地看著遠方：「你現在是十七、八歲吧，我如果馬上投胎，等我十八歲的時候，你才三十六歲，那樣我們就能在一起了！」

「靈目，封！」

穆方毫不猶豫地封閉了靈目。

如果繼續跟豔紅姐姐交流下去，穆方真的會吐血。

真他奶奶的，黃金沒了，又冒出一個妖異男，還被惡靈給喜歡上，這運氣也太背了點吧。

穆方緩了幾口氣，一抬頭，發現陳四等人都在那看著他，眼神都那麼地詭異。

穆方一激靈。

劉豔紅腦子壞掉就罷了，你們腦子該不會也出問題了吧？

「穆大師！」陳四往前站了一步。

「幹嘛？」穆方退了一步。

呼地一下，所有村民齊刷刷給穆方鞠了一躬。

「你們這是做什麼？」穆方不明所以。

陳四認真道：「您降服惡靈，救了全村人的命。從今以後，您就是我們石頭村的大恩人，家家戶戶都會供奉您的牌位，感謝您的恩德！」

「這又是什麼跟什麼啊。」穆方哭笑不得：「那個靈又不是你們這兒的，說到底這件事我還得跟你們道歉呢。」

「大師，我們懂。」陳四神神祕祕道：「天機不可洩漏，我們不會亂說的。」

穆方無語了，連連擺手：「不是什麼天機，這事其實真的……」

「大師慎言。」陳四上前兩步握住穆方的手，感動道：「您的心意，我們都懂。」

「心意……我……我……飯好了沒，我餓了。」穆方最終還是明智地放棄了解釋的想法。

韓青青沒什麼大礙，醒過來後甚至都不知道發生了什麼，只是在旁人描述事發經過的時候，才受了些許驚嚇。不過韓青青也是半信半疑，她是無神論者，從來不信那些亂七八糟的，只當自己低血壓或者太累，神經衰弱。

韓青青沒事，但穆方在酒席上可是被灌得昏天暗地，徹底不省人事。

酒宴過後，韓青青婉拒了晚上再喝一攤的盛情，請村民們幫忙把人事不省的穆方抬上車。

在離開之前，阿牛突然跑了出來，把脖子上掛著的玉片交給韓青青，說是把自己的寶貝送給穆方哥哥，感謝他救了自己。

韓青青也沒在意，笑著就收下了，替穆方掛在脖子上。

樹上那隻烏鴉望見，眼中異色連連。

劉豔紅那番話，烏鴉自然也聽到了，但這世上坑矇拐騙的神棍甚多，牠也沒往心裡去。可看到這玉片，烏鴉知道自己或許想錯了。

送出這玉片的，如果不是一個蠢貨神棍，就必然是一個心懷叵測的大惡之人。只是事情過去多年，劉豔紅記憶不全，怕是也難以再找到其蹤跡。

不過，這個東西落到穆方手裡，倒不是一件壞事。

烏鴉在樹上思考了會兒，最終還是拍拍翅膀，回去找老薛去了。

——《幽鬼宅急便01》完

俗人

四、注意事項：

★ 投稿者之作品須有完整版權，繁簡體實體書出版權及電子書版權。
★ 請勿一稿多投。
★ 投稿作品如有涉及抄襲、剽竊等情事・無條件立即終止合約並針對出版社損害於予追究。

【輕小說畫者募集中】

三日月書版徵求各種不同風格的畫者，請踴躍提供參考作品及聯絡方式，審核通過後我們將與立即與您聯絡。

一、投稿插圖檔案格式：

★ 投稿格式。
1. jpg檔案，解析度72dpi，圖片大小像素800X600。（請勿過大或者太小）
2. 來稿附件請至少具備五張彩稿及三張黑白稿或Q版圖片
3. 請投電子稿件，不收手繪原稿。
4. 請在電子郵件中以「附加檔案」的方式將作品寄送過來，切勿使用網址連結。
5. 投稿作品請使用不同構圖之作品，黑白部分請勿僅以同樣彩色構圖轉灰階投稿，來稿請以近期作品為佳，整體構圖需有完整背景與主題人物。

二、投稿信箱：mikazuki@gobooks.com.tw

★ 電子郵件標題：「繪圖投稿：(筆名)」。
★ 真實姓名、聯絡信箱、電話及畫者的個人基本資料，若無完整資料，恕不受理。
★ 收到投稿後，編輯會回覆一封小短信告知，如3天內未收到編輯的回覆，請再進行確認唷。
★

三日月書輕小徵稿

你喜歡輕小說，光看不過癮還想投筆振書嗎？
你自認是有才又多產的寫作高手，卻一年又一年錯過多到讓人眼花的新人大賞資訊，找不到發揮的空間跟管道嗎?
沒關係，不用再搥胸頓足、含淚咬手巾地等到下一年

三日月書版輕小說，常態性徵稿活動即日開始囉！

【輕小說稿件募集中】

一、徵稿內容：

★ 以中文撰寫, 符合輕小說定義之原創長篇輕小說。

★ 撰稿：題材與背景設定不拘, 以冒險、奇幻、幻想、浪漫青春、懸疑推理等風格為主, 文風以「輕鬆、有趣、創意」, 避免過度「沉重、血腥、暴力、情色及悲劇走向」的描寫。主角請勿含BL相關設定, 配角為耽美BL設定請視劇情需要盡量輕描淡寫帶過。

★ 字數限制：每單冊7萬字～7萬五千字(計算方式以Word工具統計字數為主, 含標點符號不含空白為準。)
稿件已完成之長篇作品, 請投稿至少前三冊, 並附上800字左右劇情大綱及人物設定, 以供參考。
未完成創作中稿件, 投稿字數最少為14萬字, 並附800字劇情大綱及人物簡介。

★ 投稿格式：僅收電子稿, 不收列印之實體稿件。

★ 一律使用.doc(WORD格式)附加檔案方式以E-mail投遞。且不接受.txt、.rtf等格式稿件, 與直接貼於信件內的投稿作品。請將檔案整理為一個word檔投稿, 勿將章節分成數個檔案投稿。

二、來稿請附：

★ 真實姓名、聯絡信箱、電話及作者的個人基本資料、個人簡介、800字故事大綱、人物設定, 以上皆請提供word檔, 若無完整資料, 恕不受理。

三、投稿信箱： **mikazuki@gobooks.com.tw**

★ 標題請注明投稿三日月書版輕小說、書名、作者名或作者筆名。

★ 收到投稿後, 編輯會回覆一封小短信告知, 如3天內未收到編輯的回覆, 請再進行確認喲。

★ **審稿期為30個工作天**, 若通過審稿, 編輯部將以email回覆並洽談合作事宜。

高寶書版集團
gobooks.com.tw

輕世代 FW105

幽鬼宅急便01

作　　者　俗　人
繪　　者　言　一
編　　輯　林紓平
校　　對　謝夢慈
美術編輯　陸聖欣
排　　版　彭立瑋
出　　版　英屬維京群島商高寶國際有限公司臺灣分公司
　　　　　Global Group Holdings, Ltd.
地　　址　臺北市內湖區洲子街88號3樓
網　　址　gobooks.com.tw
電　　話　(02) 27992788
電　　郵　readers@gobooks.com.tw（讀者服務部）
　　　　　pr@gobooks.com.tw（公關諮詢部）
傳　　真　出版部　(02) 27990909　行銷部 (02) 27993088
郵政劃撥　19394552
戶　　名　英屬維京群島商高寶國際有限公司臺灣分公司
發　　行　希代多媒體書版股份有限公司/Printed in Taiwan
初版日期　2014年10月

國家圖書館出版品預行編目(CIP)資料

幽鬼宅急便/ 俗人著.-- 初版. --
臺北市：高寶國際, 2014.10-
冊；　公分. --

ISBN 978-986-361-061-8(第1冊：平裝)

857.7　　103016005

三日月書版

三日月書版

GOBOOKS & SITAK GROUP©